転生魔女の気ままなグルメ旅

～婚約破棄された落ちこぼれ令嬢、実は世界唯一の魔法使いだった

「魔物討伐？
人助け？いや
食材採取です」

2

著：茨木野
Ibarakino
イラスト：長浜めぐみ
Megumi Nagahama

TOブックス

マリィ
ゴルドー公爵家の令嬢にして
魔女神ラブマリィが転生した姿。
ルグニスに王国を追放されたことを
きっかけに自由気ままなグルメ旅に出る。
パーティーの食べる担当。
カイト
マリィに救われた元奴隷の獣人少年。
類稀なる料理スキルを持ち、
マリィ専属の料理人として
付き従うことに。
パーティーの料理担当。

Tensei majo no kimama na Gourmet Tabi

CHARACTERS

ルグニス

アイン王国の王太子。マリィを婚約破棄し、
王国を追放した。
現在はグリージョと婚約している。

グリージョ

マリィの妹で現在の聖女。
見目麗しく、高い法力を
持っているとされていたが、
実は全てマリィの魔法で底上げ
されていただけ。
本人の実力は
てんで大したことはない。

オセ

妖精界を荒らしていた悪魔。
あらゆる毒や
化学物質を生成する
能力を持っている。
パーティーの調味料、
香辛料担当。

Tensei majo no
kimama na Gourmet Tabi

CONTENTS

Illust.：長浜めぐみ
Design：BEE-PEE

プロローグ

西にある大陸には、六つの大きな国が存在する。

そのうちの一つ、マデューカス帝国は今、未曽有《みぞう》の危機を迎えていた。

「くそ！　おいやべえぞ！　またモンスターの群れが来やがった！」

ゲータ・ニィガの王都、城壁の外には、大量の魔物達が押し寄せてくる。

豚の姿をした、亜人型の魔物、オークたち。

「オークだ！」

「まじかよ……」

「またかよ……」

「勘弁してくれよ……」

そうつぶやくのは、帝国に所属する軍隊たち。

彼らの顔には疲労の色が濃く見える。

さもありなん、このところ連日、マデューカス帝国【近辺】で、魔物が大量発生してるのである。

帝国軍たちはその対応に追われて、すっかり疲弊しきっていた。

「みな、頑張るのだ！」

「リアラ様……！」

帝国の皇女にして、部隊長の一人、リアラ・ディ・マデューカスがそう言う。

流れるような銀髪に軍服、そして黄金の瞳を持つ彼女は、部下たちを励ます。

「我らが敗北することはすなわち、帝国の民たちを危険に晒《さら》す事になる！　ここが踏ん張り時だ！

頑張るのだ皆の者！」

リアラが力強く声をかけると、軍人たちの顔に少しだけ、やる気の色が濃くなった。

「リアラ様、お休みください。もう三日もまともに寝てないじゃあないですか」

リアラのそばに立つ副官が、彼女にそう言う。

「軍のみんなが徹夜で戦ってるのに、わたしだけが寝ることなどできん！」

「リアラ様……」

軍人たちがうなずきあう。

リアラは皇族だ、本来なら前線に立つべき存在ではない。

だが彼女は銃を取り、そして自らも敵に立ち向かっている。

その姿に勇気づけられて、軍人たちはまた立ち上がる。

「いくぞ、皆の者！」

「「「応！」」」

先陣を切って、リアラが馬を駆る。

彼女の手には銃が握られていた。

「ぶぎぃい！」「ぎぎぃぃ！」「ぶぎゃあ！」

オークどもが近づいてくる。

リアラはおびえることなく銃剣を手に取って、構える。

軍人たちもそれに続く。

「うてぇ！」

ばん！　ばんばん！

銃弾がオークたちの頭を吹き飛ばす。

魔法が主流だった時と比べて、銃の威力は格段に向上していた。

それは魔法の衰退によって、遠距離からの攻撃手段が減ったことに起因する。

魔法が使えないからこそ、技術力が発達したと言えた。

「効いている！　効いてるぞ！　うて！　うてぇ！」

リアラも馬を操り戦場を駆け巡りながら、オークたちの頭を吹き飛ばしていく。

彼女の鼓舞《こぶ》によって、やる気を出した軍人たちは、ひたすらに頑張った。

だが、次第に勢いが落ちてくる。

がち！　がちん！

「くっ！　銃弾が尽きたか！」

銃の最大の弱点は、銃弾に限りがあることだ。

魔法があれば魔力の続く限り、攻撃できるのだが、銃だとそうはいかない。

「リアラ様！　御下がりくださいませ！」

銃がなければ皇女はか弱きただの女……。

しかしリアラは逃げることはせず、サーベルを抜くと、果敢にオークに切りかかる。

「リアラ様に続け！」「うぉおおおおお！」

その後、帝国軍人たちの奮戦がつづくも、次第に勢いが落ちていく。

オークたちは殺しても次から次へと襲い掛かってくる。

人間にひるむことなく、眼の色を変えて、猛進し続けてくるのだ。

「くそ！　なんでこいつら、こんなにしつこいんだよ！」

「いったい何がオークどもを駆り立ててるのか……」

モンスターは、モンスターパレードという現象をたまに起こすことがある。

食料が不足すると、人里に集団で降りてくる現象のことだ。

それが今だと言われて、納得する一方で、しかしどうしても解せない部分がある。

モンスターの襲撃が連日つづくのだ。

しかも、いろんな種族が次から次へと……。

そしてどれにも共通するのが、眼の色を変えて人間を襲ってくるという特徴。

オークも、先日襲撃した魔物たちもみな、血走った真っ赤な目をしてる。

「きゃあ！」

「リアラ様！」

リアラ皇女が馬上から転落する。

そこへ、オークたちが殺到した。

我先にと、倒れたこのか弱き人間を殺そうと。

「くっ！　ここまでか……」

と、そのときだった。

ビョォオオオオオオオオオオ!!!!

突如として、巨大な竜巻が発生したのだ。

ありえないことだ。

先ほどまで空はきれいに晴れていた。

だというのに、すさまじい規模の竜巻が起きたのである。

「な、なんだ……これは？　いったい何が起きて……」

そのときだ。

リアラ皇女は空中に、妙なものを見つける。

「ホウキにまたがった……女？」

三角のとんがり帽子に、黒い服装。

流れるような黒髪に、黒真珠のようなきれいな瞳。

「颶風真空刃《ゲイル・スライサー》」

魔女が、聞いたことのない単語を述べる。

その瞬間、再び竜巻が発生し、あっという間にオークを全滅させたのだ。

「す、すげえ……」「おれたちが苦労したオークを、一瞬で……」「奇跡だ……！」

ふわり、と女が着地する。

そして手をかざすと、倒れているオークたちが一瞬で消えたのだ。

「奇跡……魔法……ま、まさか！」

立ち去ろうとすると女の手を、リアラ皇女はつかむ。

「なに？」

「助けていただき、誠に感謝する、魔女殿！」

そう、最近うわさになっているのだ。

黒い髪をした、魔法使いが、各地を放浪し、人助けをしてると。

「あなたが世界を救済する魔女……世界魔女マリィさまですね！」

するとマリィと呼ばれた魔女は、実に嫌そうに顔をゆがめて言う。

「違うわ。勘違いしないで頂戴、私は別に世界を救済するつもりで旅をしてるんじゃあないわ」

リアラ皇女は、得心が行ったようにうなずく。

「なるほど……照れ隠しでございますな！」

「はぁ？」

きっとリアラ達に恩を着せないために、あんなふうに言ったのだ。

「さすが魔女殿！」

「はぁ……ここでもそんな扱いなのね」

そのときである。

「魔女様〜！」

一台の竜車がこちらにやってきた。

御者台に座っているのは、赤毛の獣人の男の子。

そして頭の上には、クロネコが座っていた。

「カイト！」

先ほどまでの不愛想な顔から一転、魔女は笑顔で、獣人のもとへと向かう。

「カイト！　オークの肉は手に入れたわ！　すぐに調理してちょうだい！」

「わっかりました！　何がいいです？」

「すぐ食べられて、たくさん食べられるもの！」

何の話をしているのだろうか。

「あ、あの……魔女殿、お礼を……」

「うるさい。わたしは腹が減って気が立ってるのよ」

「でしたら！　帝都にいらしてください！　ぜひ、お礼のお食事を……」

きらん、と魔女の目が輝く。

「しかたないわね。お礼させてあげるわ。カイト、肉料理は今度ね」

「はい！」

かくして、魔女マリィと獣人のカイト、および悪魔オセは、マデューカス帝国へと招待されるのだった。

一章

かつてこの世界に、凄まじい力を持った魔女がいた。
ラブマリィ。後に、魔女の神となる、高い魔法力を持った少女だ。
彼女は邪悪なる神すら滅ぼす力を持っていたが、老衰《ろうすい》によって死亡する。
そして遥か未来の世界、魔法が衰退《すいたい》した世界の貴族令嬢として転生していた。
マリィは元いた場所を追われたことがきっかけで、世界グルメ旅を開始する。
道中で出会った獣人料理人のカイト。
悪魔オセをおともに、世界中のおいしいご飯を食べて回る旅をする。
こないだは海を渡った先にある、極東という島国まで足を運んだ。
そこでおいしい海の幸を思う存分堪能したあと……。
マリィはもといた西の大陸へと戻ってきた。
次なる【おいしい】を求めて、マリィは今日も旅をするのだった……。

☆

「ふぅ……厄介なことになったわ」

馬車に乗り、物憂《ものう》げにつぶやく美少女、マリィ。

その正面には黒い猫が座っている。

一見単なる猫に見えるが、その実、悪魔である。

『あんたほんとトラブルに愛されてるよな』

「良い迷惑よ……まったく……私は単にオーク肉を使った料理を味わいたいだけなのに……」

マリィは、別に人助けがしたいわけではなかった。

彼女が戦うのは、おいしい料理を食べるため。

魔物を倒し、その食材を手に入れるためなのだ。

「別にあの軍人たちのためにやったわけじゃあないんだからね」

『でもそれをツンデレって解釈されちまうんだよなぁ、魔女さまの場合は』

ツンデレ。

俗に言う、照れ隠しだ。

マリィの行いは善行に見える、らしい。

しかし実際は、彼女が言うとおり、自分のためにやってることでしかない。

「良い迷惑だわ」

『人から褒められておいて、良い迷惑かよ……変わった魔女だこと』

とはいえ、この世界に自分以外の魔女というものを見たことがない。

魔法が廃《すた》れた世界では、魔法を使える存在が誰もいないのだ。

そう、マリィは世界で唯一の魔法使いなのである。

「前から思ってたんだけど、魔法ってどうして使えないのかしら？」

『というと？』

「だって、別に世界から魔力が消えた訳じゃあないのよ？」

魔力。魔法を使うときのエネルギーのことだ。

『そっか。魔力がないと、たとえ凄い魔女であっても、……』

「ま、魔法が使えなくないわね」

『いや使えるのかい！！！』

「ええ、でも、果てしなく疲れるから、魔力を使わない魔法の使い方って」

『ああそうかい……なんというか、あんたは規格外だなちくしょうめ』

あきれるオセの一方で、マリィは話を続ける。

「でも魔力は今、世界に満ちてるわ。転生したときと同じくらい」

『うーん……つまりこういうことか？　魔法の源が死んでないのに、どうして魔法を皆使えないのかと』

「そう。使わないならわかるけど、使えないのは解せないのよ。使うそぶりすら見せないじゃない、ほら、さっきのオーク戦だって」

魔法は対モンスターにおいて最も有効な攻撃手段だ。

なにせ離れたところから、強力な一撃をあびせることができるのだから。

「大量にモンスターが現れてるあの状況ですら、魔法を使う人間はいなかったわ。ちょっと……いや、だいぶ変ね」

『言われてみりゃあ……そうだな。で、魔女様の見解は？』

マリィはちょっと考えて……言う。

「お腹すいたわ」

『いや、脈略……！　今重要な話してるんじゃあなかったのかよ……』

「なんかお腹すいたらどうでもよくなったわ……ねえ、カイト。お腹すいたの」

御者台に座ってる獣人カイトに、マリィがおねだりする。

「もうちょっとで帝都に着くみたいですよ！」

「ふむ……じゃあちょっとだけ我慢しましょうかしら」

帝国の料理を食べたことはないのだ。

「高まるわ……期待」

『やれやれ……世界の謎よりも、食欲を優先するとは……なんというかさすがだね』

「馬鹿にしてるでしょ？」

『うん……ふぎゃあ！』

オセが空中で、まるでぞうきんのように絞られる。

『ふげぇえ！　な、なんだこれ⁉　何の魔法だよ！』

「念力という、見えない力で相手をひねり潰す魔法よ」

『属性魔法じゃあねえのか⁉　いてててて！　お、おたすけー！』

ぱっ、とマリィが念力を解除する。

ぜぇはあ……とオセが荒い呼吸を繰り返す。

『そ、それとあんた……そうだ、属性魔法じゃあない魔法よくつかえるね。つーか、そんな魔法みたことねえんだが』

「私オリジナルの魔法よ」

『さらっととんでもねえもの使うなよ……やばすぎだろやっぱ、あんた……』

マリィはお腹を押さえる。

「うう……今のでかなりお腹がすいたわ……」

ぐんにゃりと、とマリィは椅子に身を委ねる。

「ねえ……カイト。まだ……？」

「つきましたよ！　あれが帝都です！」

マリィは窓からにゅっ、と顔を覗かせる。

その頭の帽子のうえに、オセが乗っかる。

『ありゃあ……これは……随分と活気が失せてるなぁ』

オセが言うとおり、帝都の中には人がほとんどみられなかった。

外に居る人も、武装してる。

「皆さん気が立ってますね……」

『モンスターの影響だろうな』

「ああ、さっきの……かわいそう……」

同情するカイトをよそに、マリィは至極どうでもいいっといったふうに、椅子に座る。

そして、不意にいう。

「止めて」

「え？」

「止めなさい。そして、ご飯を。今すぐに」

「！　わかりましたっ！」

カイトが馬車を路肩に停める。

彼は不思議な敷物を地面に敷く。

すると謎の扉が出現。

「すぐに！　ごはんを！」

「ええ、お願いね」

カイトは急いでドアの中にはいっていく。

オセは『へえ』と感心した。

『あんたにも人の心があったんだな。このおびえた人たちを見て、食べ物を恵んでやれだなんてよ』

オセが見たところ、この帝都の民達は、まともにご飯を食べれてないように見えた。

それは当然だ。

モンスターが襲ってきているのだ。

食料が入ってくるルートを閉鎖せざるを得ない。

となると、食料は入ってこないので、みな腹を空かせる。

マリィはそんな彼らにご飯を……。

「何言ってるの？」

マリィは、本気で怪訝《けげん》そうな顔をする。

「私が、腹減った。それだけよ？」

『……あんた、マジか』

「？　まじよ。おおまじよ。私は自分の空腹を満たしたいから、カイトにご飯を作らせたのよ」

……しかし、おそらくはカイトは勘違いしてるだろう。

「できましたー！」

カイトはその手に、山盛りのホットドッグを持ってやってきた。

マリィはバッ！　と窓から飛び降りる。

そして、ホットドッグを両手にもって、かぶりつく。

「うまー！　うまいわ！　なんておいしいのぉ！」

……そんな姿を、帝都の民達は遠巻きに見ていた。

カイトは彼らに笑顔をむける。

「皆さんの分もあります！　これは、魔女様からの施《ほどこ》しであります！」

みんな最初は疑っていたが、しかしあまりに魔女が無防備に、かつおいしそうに食べるものだから……。

「お、おれも食べるぞ！」「わたしも！」

ぞろぞろと、帝都の民達がやってきて、カイトからホットドッグを受け取る。

「うまぁああああああい！」

「なんておしいいの！」

「こんなの初めて食べた！」

喜ぶ帝都の民達をみて、カイトがマリィに笑顔をむける。

「さすが魔女様です！　オークの肉を大量に仕入れたのは、皆さんに振る舞うためだったんですね！」

とまあ、相も変わらずカイトは勘違いしているわけで……。

それを聞いた帝都民達は、涙を流す。

「おれたちのために！」「なんて慈悲深いかたなんだ！」「ありがとう、魔女様！」

しかしその様子を、あきれたようにオセが見ていた。

確かにはたからみれば、美談に見えるかもしれない。

だが実体は、単にマリィがお腹を空かせて、カイトにホットドッグを作らせた。

それだけなのだ。

真実を知るオセは、深々とため息をつく……。

『ほんと、なんなんだよこのオカシナ世界はよ……』

☆

マリィ一行はマデューカス帝国の皇女、リアラ＝ディ＝マデューカスに誘われて、帝都カーターにある、帝城へとやってきた。

「ゲータ・ニィガとはまた趣が違ってるわね」

彼女の出身地、ゲータ・ニィガの王国は、豪華な外装内装の、誰がどう見ても偉い人の住んでいる城とわかるものだった。

一方で、帝城はというと、実に質素だ。

四角い、縦に長いブロックのような見た目をしてる。

しかも高さもそんなにないし、広くもない。

「父上は見た目より中身を優先させるお方なのだ」

馬に乗ったリアラ皇女が、城を見上げながら、どこか誇らしげに言う。

「見た目に金をつぎ込むくらいなら、中身を充実させろと、常々言っておられる！」

「なるほど！　素敵なお父様ですねー！」

カイトがにこやかに言うと、リアラ皇女はうれしそうに何度もうなずいた。

マリィは実にどうでもいいっといった感じで、先ほどのホットドッグを、椅子に座りながら食べている。

『んで、皇女さんよ。これからどうするんだ、おれたちはよ』

「少し控室でお待ちくだされ。わたしは今日のことを父上にご報告してまいる。しかるのち、父に謁見してもらう」

『そりゃいいが、この食欲モンスター、ほっとくと暴れ出すぜ？』

食欲モンスターとは、誰であろうマリィのことである。

だがそれがマリィをさしてるのだと、当の本人は全く気付いていなかった。

悪魔オセの言う通り、あんまり待たせるとマリィがキレかねない。

そうなったときのしりぬぐいはオセの仕事である。

「晩餐《ばんさん》の支度には時間がかかりますが、シェフに頼んで何かつまむものをご用意いたそう」

「楽しみにしてるわ」

先ほどまで会話にまったくからんでこなかったマリィが、急に反応を示す。

ウキウキで言う。

「つまむもの……なにかしらっ。帝都のデザート？　たのしみ！」

『期待してるとこ悪いがよぉ、多分期待は裏切られるぜぇ？』

オセがため息交じりに言う。

その視線の先にうつるのは、城を警備する軍人たちの姿だ。

みなうつむいたり、怪我したりしてる。

帝都の民と同じような状況だ。

リアラ皇女は憂い顔で言う。

「申し訳ない……帝国は今疲弊してるのだ」

『なんか事情があんのかよ？』

「うむ……猫殿も見たであろう？　あの魔物の大軍を」

『あれは、今に始まったことじゃあねえってことか？』

「そのとおりだ。あれの対処に体力をそがれて、みな……」

どうやら帝国は、かなり深刻な状況のようだ。

オセ、そしてカイトは同情的なまなざしをリアラに向ける。

が、マリィはというと。

「カイト」

「はい！」

「これ」

そういって、空間に収納していた、大量のホットドッグを、空中に浮かせる。

「！　なるほど！　そういうことですね！」

カイトはわが意を得たりとばかりに、御者台から降りる。

「運転は魔法でやるから」

「わかりました！　いってきます！」

「ええ、お願いね」

マリィを乗せた馬車が帝城へと向かう一方で、カイトは大量のホットドッグを抱えた状態で、軍人たちのもとへいく。

「おつかれさまです！　皆さん！　こちらをどうぞ！」

そういってカイトお手製のホットドッグを一人一人に配っていく。

ただようあまそうなにおいに、みなごくりと唾をのみ、がつがつと食べていく。

「う、うめえ！」「うますぎる！」「涙が出るぅう！」

そんな風にがつがつ食べている軍人たちのもとへ、リアラ皇女がやってきた。

「か、カイト殿、いったいなにを？」

「配給です！　魔女様からの、ご命令で！」

「配給？　魔女殿が、この食料を皆に配れと？」

「はい！　魔女様は慈悲深いお方です……さきほども、城の外の人たちにホットドッグを振る舞っておりました！　軍人さんたちもお疲れのようなので、この食べ物を振る舞い、元気づけなさい……と！」

じわ……とリアラ皇女と、軍人たちの目に涙が浮かぶ。

「なんというおかただ！　なんて優しいおかたなんだ！　帝都を救っただけでなく、食事も恵んでくれるだなんて！」

リアラ皇女、そして軍人たちがおいおいと泣く。

カイトは目を閉じて感じ入った様子で言う。

「魔女様がきたからにはもう安心！　魔女様はこの帝国を救ってくださるおつもりです！」

「！　そうなのか、カイト殿！」

リアラ皇女が言うと、カイトは笑顔でうなずく。

「はい！　だからこそ、魔女様がこの城を訪れたのです！」

「ああ、なんというおかただ！　まだこちらから依頼していないのに、帝都を救ってくださるんて！　慈悲深い！　まるで女神さまのようじゃあないか！」

……さて、勝手に盛り上がる一方、馬車の中では。

「デザートデザート、るんるるーん♪」

マリィはのんきに鼻歌なんて歌っている。

オセは呆れた調子でため息をつきながら尋ねる。

『魔女さまよ、なんでホットドッグなんて与えたんだ？』

「え、ご飯食べて、甘いものが食べたくなったからだけど？」

……そう、もうホットドッグをいっぱい食べ過ぎたので、いらないと、処分させようとしただけだったのだ。

それをカイトが勘違いして、彼らに恵んだとなってしまっている。

『そんなこったろうと思ってたよ……で、どうするんだ？　多分皇族はあんたに依頼してくるぜ？

魔物退治とか』

「条件次第かしらね」

『金？』

「あなた、バカ？　おいしいごはんにありつけるかどうかよ」

もしも帝国の料理がまずかったら、依頼を聞くまでもなく、帰るつもりだ。

『あんたはなんというか、ぶれないな。さすが、エゴイスト魔女』

マリィは別に正義の味方ではない。

己の食欲を満たすために行動してるにすぎないのだ。

それがカイトというインフルエンサー（誤解）の手によって、救いの魔女、マリィとして広まっているだけである。

だが実態はたんなる、食欲お化けな魔女なのだ。

「帝国のデザートぅ～♪　ＦＵ～♪」

『やれやれ……帝国もかわいそうに。こんなのにすがるしかないなんてよぉ』

☆

マリィたちは帝城へとやってきた。

食べ飽きたホットドッグを振る舞ったあと……。

マリィは豪華な部屋に通される。

『質素な城とは、不釣り合いな、豪華な部屋だなここ』

「来賓室だそうです」

ソファに座るカイトとマリィ。

カイトの胸にはオセが抱っこされている。

来賓室は赤絨毯《じゅうたん》がひかれ、天井からはシャンデリアがつるされている。

『なるほど、見栄っぱりってやつだな。他国になめられないようにってよ』

マリィはイライラしていた。

そんなのどうでもよかった。

早く帝国のおいしいご飯を食べたくてしょうがないのである。

「お待たせしました」

「きたかっ！」

執事服に身を包んだ老紳士が、マリィたちのもとへやってくる。

スッ……と頭を下げてきた。

「私はカリバーンと申しまして、この皇室にお仕えする、しがない執事であります」

『ふーん……おっさん、執事なのね』

「ええ、そうでございます、使い魔さま」

どうやらカリバーンは、オセのことをマリィの使い魔だと思ってるようだ。

まあしゃべる猫なんで、そう思われてもしかたないのだが。

カリバーンと呼ばれた老紳士の眼光は鋭く、ともすれば猛禽類《もうきんるい》のようだ。

銀髪をなでつけている。体は鍛えているのか筋肉質で、背筋はピンと伸びている。

「私めが腕によりをかけて作ったお菓子を、とくとご賞味ください」

カリバーンはカートを手で押しながら、マリィたちの前へと持ってくる。

『おお！　なかなかのケーキじゃあねえか！』

ホールケーキがいくつも載っていた。

オセが目を輝かせる。チョコにショートケーキ、なるほど、おいしそうだ。

しかし……。

「嘘ね」

「？　嘘……とは？」

カリバーンをぎろり、とにらみつけるマリィ。

「こんな程度の低い嘘で、私をだませると思って？」

『う、嘘……？　どういうことだよ、魔女様？　このおっさんが何か嘘ついてるっていうのか？』

「ええ……私の目はごまかせないわ」

するとカリバーンは……フッ、と笑うと、頭を下げてきた。

「お見それいたしました、魔女殿。まさかこの私が皇帝であることを、見抜いているとは」

『んなっ⁉　こ、皇帝⁉　このカリバーンが……皇帝だっていうのか⁉』

「ええ。私はカリバーン＝ディ＝マデューカス。この帝国の、長でございます」

カリバーンはどうやら皇帝だったらしい。

「あなた様を試すようなマネをして、申し訳ない」

『なんでそんなこと……』

「皇帝のまえではかしこまってしまわれるだろう。魔女様の魂の色を、この目で直接見たかったのだ」

『試したってわけか……しかし魔女さま、見抜くとは……』

ふと、オセは気づく。

マリィが怪訝そうな顔で首をかしげていた。

……あれ？

これもしかして……。

『あ、あんた……皇帝だって見抜いてなかった？』

「ええ。というか興味ないわ」

『はああ!? じゃ、じゃあ嘘とか言ってたのって……』

びしっ、とマリィがカート上のケーキを指さす。

「それ……冷凍品じゃない！！！！！」

『怒るとこ、そこ!?』

「そうよ！　帝国のおいしいおかしを期待してたのに！　冷凍品だなんて！　きぃ……！」

どうやら嘘とはそのことだったようだ。

てっきり皇帝の変装を見抜いたのかとばかり思っていたので……。

「さすがです魔女様！　皇帝の変装を見抜くだなんて！」

『小僧!?　聞いてた!?　こいつ……ケーキのことしか言ってない……』

「いいえいいえ、きっと魔女様は気づいてらしたのです。でもそれを指摘すると、相手に恥をかかせるから、あえてとぼけてるのです！」

『全肯定しすぎだろ！　目ぇあけてるのかおまえよぉお！』

☆

マリィたちは帝城の来賓室に通された。

そこで皇帝、カリバーンと出会う。

カリバーン皇帝、およびリアラ皇女がソファに座る。

その前に、カイトは緊張の面持ちで立っていた。

「座りたまえええっと……名前は？」

「か、カイト、です」

「カイト殿。立ってないで座ったらどうだい？」

「そ、そんな！　殿なんてつけなくても……！」

「でも君は魔女殿のお弟子様なのだろう？　敬意を払うのは当然だ」

「で、弟子だなんておこがましい！　ただの料理番です！」

ぶんぶんとカイトが首を横に振る。

獣人は何かと差別の対象になりやすい。

「ではカイトくん。そうかしこまらないでいい。ここはオフシャルな場ではないのだからね」

だがこのカリバーンは、カイトのことを獣人としてではなく、一個人として接してくれるようだ。

「い、いい人……！」

『んで、皇帝さんよ。うちの魔女さまに何やらせたいんだ？』

直ぐに心を開いたカイトとは違い、オセは疑いのまなざしを隠すことなく、皇帝にむける。

「何をやらせたいって……？　皇帝陛下はオークから帝都を守ってくれた、お礼がしたいんじゃ……？」

『んなわけねえだろ。用事があるから、自分のテリトリーに引っ張ってきたんだろ？』

カリバーンは一呼吸をおくと、穏やかな調子で言う。

「勘違いしないでほしいのだ。私は別に魔女殿たちを陥《おとしい》れるつもりも、利用するつもりも毛頭ございませぬ。ただ窮地に立たされている民達のため……どうか力を貸してほしい」

カリバーンは膝に手をついて、深々と頭を下げる。

カイトは慌てて言う。

「あ、頭をお上げください！　大丈夫、魔女様はきっと力を貸してくださります！　ね、魔女様！」

……さて、当の本人はというと、

「うまぁ〜♡」

と魔女は笑顔で、冷凍ケーキを頬張っていた。

「なかなかいいじゃない？　これ……」

『あんた……さっき冷凍のケーキかぁ、ってぶつくさ文句言ってなかったかよ……』

「そんなこと言ったかしら。うま〜♡」

マリィは帝国の冷凍ケーキにご満悦の様子。

そしてそんな笑顔を見て……。

「皇帝陛下！　ご覧ください！　魔女様の、慈愛に満ちた笑顔を！　引き受けると……そうおっしゃりたいのですよ！」

「おお、真でありますか！　感謝感激！」

とまあマリィのあずかり知らぬところで、事態が進行していた。

オセが『待て待て』ととめる。

『内容も聞かずに引き受けるとか、軽はずみなこと言うんじゃあねえ。それに当の本人の口から、やるってつってねーだろ』

オセがそう口を挟むと、カリバーンは「それもそうですな」と言って、説明を始める。

「魔女殿は、【蓬莱山《ほうらいさん》】をご存じだろうか」

「ほうらい……？　魔女様、知ってますか？」

マリィは少し考えて言う。

「……昔、本で読んだことがあるわ。仙人が住むという、仙境、だったかしら」

「仙人！　なんですか、魔女様？」

「力を極めすぎて、人間をやめた連中のことよ。幻の存在と言われてるわ。実在はしないでしょ」

しかし……皇帝の表情はこわばったままである。

『仙人は、実在するっていいてーのかよ？』

「はい。帝国の領土内に、突如、島が出現したのです」

『突如？　どういうことだ』

「そこには何もない、湖でした。だがその湖のうえに、突如見たことのない、それはそれは美しい、島が出現したのであります」

『それが……蓬莱山だとなぜそう言い切れる？』

カリバーンは沈鬱な表情のまま、立ち上がる。

「ついてきてください。見せたいものがございます」

カリバーン、リアラとともに、マリィたちは来賓室を出る。

彼らは帝城の地下へと向かう。

『地下牢か？』

「はい……そして、これを……」

『！、な、なんだ……これはよぉ!?』

そこにいたのは、体中から花を生やした……手足のちぎれた人間だった。

「これ……生きてる、のですか？」

「……ああ、生きてるのだ。これで、死ねないのだよ」

「死ねない⁉」

カリバーンが説明する。

「このものは蓬莱山に派遣されて、生きて帰ってきた唯一の生存者だ。帰ってきたときには、このむごい姿に……」

異形の元軍人は、「ころしてぇ……」と何度も繰り返していた。

「帝国の最新医療技術を以っても、また天導教会《てんどうきょうかい》の聖女様のお力を借りても、この者を元の姿に戻すことは……かなわなかった」

『……警告、ってことか』

「そのとおり。仙人は言いたいのだ。蓬莱山には、近づくなと。近づくとこうなるぞ、と」

異形の化け物にさせられた、元軍人。

しかも不死の存在となってしまったようだ。

リアラはつつ……と涙を流す。

「先遣隊にはワタシの部隊からも派遣された。……こいつは、ワタシの部下のひとりだ。残りは、もう……」

『仙人に殺されたっていいてーのか』

「おそらく……くっ……うっ、うう……」

じっ、とマリィはこの異形の存在を見つめる。

スッ……と手を伸ばし、手で触れる。

その瞬間だ。

パキィイイイイイイイイン！

なんと、全身に花を宿していた不死の化け物は……。

元の人間の姿に戻ったのである。

「あ、あれ……？　お、おれは……いったい……？」

「キールぅうううううううううううううう！」

「うぉ！　こ、皇女殿下⁉」

さっきまで不死の化け物だった存在が、元の人間に戻った。

キールと呼ばれた少年兵に、涙を流しながらリアラが抱きつく。

「よかった……！　元に戻ったのだな⁉」

「元に戻った……？　あれ、おれは蓬莱山に皆と向かったはず……どうしておれはここに？」

記憶の混濁が見られるのか、とオセは思った。

しかしマリィは首を振る。

「時間を戻したのよ」

『どういうことだ？』

「治癒の魔法はこの人に効かなかった。だから、肉体の時間を巻き戻したの。あの化け物にされる、前の時間までね」

『時間操作とか……そんな超高度な古代魔法まで使えるのかよあんた……』

「？　別に高度でもないでしょ。世界全体の時間を巻き戻してるわけじゃあないのよ？」

そんなの簡単でしょ、とばかりに、マリィが言う。

オセはもうあきれて何も言えなかった。

一方で、カリバーンは驚愕《きょうがく》の表情を浮かべている。

「し、信じられない……奇跡だ！　ありがとうございます、魔女殿！」

「感謝する！　魔女殿！　ワタシの部下を治してくれて！」

しかしマリィは皇帝たちの感謝なんていらないとばかりに、きびすを返す。

『どこにいくんだよ？』

「蓬萊山よ。決まってるじゃない」

『蓬萊山に⁉　おま……危険だろ？』

「だから、なに？　行かない理由なんて、ないでしょ？」

それを聞いたカリバーン親子、少年兵、そして……カイトは大粒の涙を流す。

「なんてことだ……！　蓬萊山へおもむき、帰ってこない人たちを助けにいってくれるというのか！」

「行かない理由も無い……だなんて、人助けに理由は無いということですか！　なんて……なんて素晴らしい！」

「さすがです、魔女様！　なんてお優しいのでしょー！」

……とまあ、信者が泣いてる一方で、オセはマリィの帽子のうえにのっかる。

『で？　何しに行くんだ？』

その手には一つの、小さな果実が握られていた。

『なんだその果実？』

「さっきの少年兵の体から生えていた果実よ」

ちょっとかじった跡があった……。

『食ったのかよ⁉　うげえ……きしょくわりい……』

「いやでもね、聞いて。これ、ちょ〜〜〜〜あまくて、おいしかったのよっ！」

キラキラ輝く笑顔を見て……オセだけは、気づいた。

『あんたもしかして……蓬莱山にいくのって』

「このおいしい果実を、手に入れるためよ。カイトにスイーツを一杯作ってもらうんだぁ」

ああ……やっぱりか……。

このエゴイスト魔女が、人助けのためなんかで、動くわけがなかったのだ。

「次の目標は……蓬莱山！　おいしいデザートを求めて、出発よ！」

☆

マリィ一行は、帝国に突如出現した幻の存在、蓬莱山へと向かうことにした。

目的は蓬莱山にいって、帰ってこなくなった帝国民達の調査。

……というのが表向きの理由で、本当の目的は、蓬莱山にあるおいしい果実を使って、デザートを作るためだ。

『つってもよぉ、仙人の住む伝説の島なんて、無策で突っ込んで大丈夫なもんかね？』

「確かにそうですね。もう何人も犠牲者が出てるわけですし……仙人について、魔女様はどれくらい知ってます？」

マリィは息をついて言う。

「そこまで詳しいわけじゃあないわ。本で見たくらい。転生前だし、だいぶ記憶はおぼろげね」

『本って……どこにのってんだよ、そんな幻の存在が』

「禁書庫」

『きんしょこぉ？』

聞き覚えが無いのか、オセも、そして皇帝親子も首をかしげた。

「この星に存在する、あらゆる叡智《えいち》が集められた、不思議な図書館のことよ」

『んなもんどこにあるんだよ』

「次元の狭間ね」

『じげ……そんなとこ、よくいけたな』

「女神に選ばれし賢なる者なら誰でも入れるらしいわ」

『け、けんなる……もの……』

……とても、マリィには似つかわしくないワードだった。

マリィは不愉快に思ったのか、魔法を発動させる。

『ぐえええ！』

風魔法、風重圧《エア・プレッシャー》によってオセが潰れる。

「その、禁書庫には、魔女殿が昔読んだことのある、蓬莱山にまつわる記述が書いた本があると？」

カリバーン皇帝がマリィに尋ねる。

こくん、とうなずいてマリィが言う。

「確か地図もあったはずだわ」

「！　それは……是非とも手に入れたいですね！　何があるかわかりませんし……」

カイトの言うとおり、これから未知の場所へ行くならば、情報をある程度仕入れておく必要があった。

「そうね。じゃあ、ちょっと蓬莱山に行く前に、禁書庫へいって、【あいつ】から情報をぶんどってきましょうか」

「あいつ……？」

「禁書庫の番人よ」

番人。

つまり、禁書を守る存在が居るということだ。

「そうと決まれば話は早いわ。さくっと行ってきましょう」

「わ、私も同行してよろしいでしょうか！」

カリバーンの娘、リアラ皇女が手を上げる。

「蓬莱山には、未だ帰らぬ私の部下が多数います。私も……助けに行きたいのです！」

『でもよぉ、あんたの父ちゃんは許してくれるのか？　あんた皇帝の娘なだろ？　いかせてくれるのかね？』

オセの言うとおり、皇女をそんな危ない場所へ連れてってていいものか。

リアラは父に頭を下げる。

「お願いします、父上！　どうか……」

「………ならぬ」

リアラががっくりと肩を落とす。

「だが、皇女リアラ＝ディ＝マデューカスとしてではなく、リアラ個人として行くならば、それは当人の自由だ」

「！　父上……！　それって……」

ふっ、と微笑んで、カリバーンが彼女の頭をなでる。

「いってきなさい」

「はい！」

一方でマリィは、同行者が増えることにして、どうでもいいと思っていた。

マリィの関心事は食べることしかないので。

食べる取り分が減らなければ、どうでもいいと思ってるのだった。

「さっさといくわよ、禁書庫へ」

☆

「で、なんでまた人が増えているの？」

帝城の庭にて。

リアラ皇女と、その部下である軍人、キールが立っている。

「わたくしめも微力ながらお手伝いさせていただきたい！」

『キール……だっけか。そういやこいつ、蓬莱山から一人だけ生きて帰ってきたんだっけか？』

「はいであります！　なので、少しならば案内できるかと」

キールはどうやら奥まで行った経験はないらしい。

「足手まといね」

「うぐ……そ、そうであります……ね。でも！　リアラ殿下をお守りしたいのであります！」

マリィは若干いらっとした顔になる。

彼女の目的は、蓬莱山のおいしい果物を、いち早く食べることだ。

どう見てもこのキール、そしてリアラはこちらの足を引っ張る、障害でしかない。

本当のことを言うならリアラもおいてきたい……が。

「あ、そ。勝手にすれば」

リアラにもしものことがあったとき、そっちを守るリソースを割くよりは、盾を用意しておいた方がいいだろう。

そう判断して、ついていくことを許可したのだ。

『んで、魔女さまよ。その禁書庫っつーのはどこにあるんだよ？』

「次元の狭間よ」

『だからそれ、どこから行けばいいんだよ』

「？　次元の切れ目から入っていけばいいじゃないの」

ほら、とマリィが指さす。

だがオセも、そしてリアラ皇女たちも首をかしげる。

どう見ても何もない空間にしか見えないのだ。

マリィはため息をついて、右手を前に出す。

マリィは魔法を発動させる。

どがぁああああああああああん！

「うぉお！　す、すごいのであります……これが、噂に聞く、伝説の極大魔法！」

「いや、ただの火球《ファイアー・ボール》だけど」

「初級魔法でこの威力！　さすがでございます！　魔女様！」

マリィの放った火の玉。

それは何もないところで着弾した……はずだった。

「！　皆さん見てください！　なにか……裂け目ができてます！」

カイトが指さす先には、何もない空間に、縦に裂けた切れ目があった。

その向こうには、帝城の庭とは別の世界が広がっているように見えた。

「さ、いくわよ」

マリィを先頭に、裂け目の中へと入っていく。

『ここが次元の狭間にあるっていう、禁書庫？　ただの森じゃあねえか……？』

森というには、少々、異質な感じがした。

その正体には直ぐに気づく。

「空が……赤いですね。なんだか不気味です」

夕暮れというより、血の赤に近い空が、どこまでも続いてるのだ。

どさ……とキールがその場に倒れ伏す。

「ど、どうしたのだキール⁉」

リアラ皇女がすぐさま近づいて、彼の肩を揺する。

彼は恐怖で震えながら、空を指さす。

「あ、赤い空……こ、ここです！」

「ここ？　ここがどうした？」

「ここが！　蓬莱山です！」

はて、とマリィたちが首をかしげる。

「禁書庫のある、次元の狭間よここ。ちがう場所でしょ」

「いや！　ここです！　おれたちが迷い込んだのは、この赤い空の広がる、不気味な森でした！」

なるほど……とオセが納得いったようにうなずく。

『……つまり禁書庫と蓬莱山は、同じ次元の狭間にあるってことか』

「手間が省けたわ。まずは禁書庫へ行くわよ」

恐れず、堂々と進んでいくマリィ。

そんなカノジョの姿に、キラキラとした目を、キールが向ける。

「こんな危険な場所を、恐れず進んでいくだなんて……」

「そうです、魔女様は、勇気ある素晴らしいお方なのです！」

カイトが誇らしげに言う。

だが単に、マリィは早くデザートを食べたい、ただそれだけで、急いでるだけだった。

恐れとか、そんなものみじんも感じていなかった。

それより食欲。そう、彼女はエゴイスト魔女であり、食欲魔神なのである。

☆

マリィは次元の狭間へとやってきた。

赤い空が広がる不気味な森の中を、すたすたと歩いていく。

「うう……こわいです……」

カイトがおっかなびっくりと、マリィの後をついていく。

その胸には黒猫オセが抱かれていた。

『仙人が住むっていうやべぇとこだからな、どんな化け物がでるかもしらねぇしよ』

「ふ、不安をあおらないでくださいよぉ～」

泣きべそをカイトがかいても、マリィは後ろを振り返らず進んでいく。

その勇敢な姿に、リアラ皇女と従者キールは感動していた。

『んで、魔女様よ。その禁書庫っつーのはどこにあるんだよ』

「この先に湖があるわ。そのほとりに、たくさん本の置いてある場所があるの」

『その湖ってどこにあるのか、正確な位置はわかるのかよ』

当然、とばかりにマリィがうなずく。

彼女のそばには、木の棒が浮いていた。

「これはなんですか、魔女様？」

「魔力を探知する魔法をかけた、棒よ。禁書庫にいる【あいつ】の魔力を探知してるわ」

「あいつ……？　だれですか？」

「禁書庫を守る、番人よ」

「ば、番人……！　そんなのがいるんですか……魔女様はすごいです！　何でも知っててすごい！」

ふと、オセが首をかしげる。

『番人ってやつは、外部の人間に対して友好的なやつなのか？』

「まさか。番人よ？　よそ者を入れるわけないじゃない」

『え、じゃ、じゃあ……まさか……』

「ま、そのうち出てくるわよ、たぶん」

森のなかを獣の鳴き声が響き渡る。

そのたびカイトたちはおびえた表情となる。

だがマリィは歩みを止めない。

「やっぱり……魔女様は、すごいお方です」

「やはり、そう思うかカイト少年」

「はい、皇女様！」

ふふ、と二人は微笑む。

二人の話しについていけない、黒猫とキール。

『なにわかりあってんだ？』

「いや、魔女殿のあの堂々たる足取りについてだ」

『堂々？　ただおまえらをおいて、先に進んでるだけだろ？』

「いや、魔女殿はああいうふうに、前をどんどん進んでいくことで、我らに勇気を与えておられるのだ」

『勇気、ねぇ……』

リアラ皇女は感心したように何度もうなずく。

「この恐ろしい魔物がはびこる森の中を、ああやって進んでいくことで、大丈夫、私が居るから安心だよ！　と背中で語っておられるのだ」

「皇女様……わかってらっしゃる！　すごいわかってますね！」

「ああ、君もわかってるな」

うんうん、とうなずきあうふたり。

だが残念なことに、ふたりの考えは的外れだった。

マリィはただ、早くおいしいものが食べたいだけなのである。

『さ、さっぱりわからん……』

オセは深々とため息をつくのだった。

マリィは勝手に尊敬されてるとは知らず（というか興味すらない）、進んでいく。

「ねえ、あなた」

「じ、自分でありますか……？」

マリィがキールに言う。

「そう、あなた。ねえ、あなたが身体から生やしていた果物って、どこでどうやって植え付けられたの？　見当たらないんだけど、この辺に」

マリィが求めているのは、蓬莱山に存在する甘い甘い果実だ。

キールは果実の種を植え付けられていた。

それと同種の果実は、しかし周りを見渡しても見当たらないのである。

「ええと……それがよく覚えてなくて……。でも、この辺でじゃあない、と思います」

「その根拠は？」

マリィはおなかがすいてきて、イライラしだしていた。

「おれらが入ったのは、確かもっと花があちこちに咲いていました。ですが、このあたりには花が見当たらないです」

『蓬莱山も地区がわかれてるんじゃあねえの？　果実ゾーン、森ゾーンみたいに』

「ちっ……」

森なんて、意味が無い。

だって食べられないじゃあないか。

マリィは空腹だった。すごく腹が減っていた。

いちはやくご飯が食べたかった。

と、そのときである。

がさがさ……！

「！　敵かしら？」

ずずず……と地面が盛り上がっていく。

全員がおびえる中、マリィはにやりと笑う。

「ちょうどいい、私の糧となりなさい」

マリィは魔物を平然と食べる。

この時代、この世界では魔物食いは禁忌とされているのだが、マリィには知ったこっちゃないのである。

魔物が出てきたのであれば、ちょうどいい。

食べてやる……と思ったのだが。

「ウロォオオオオオオオオオオオオオオオオ！！！！！」

「……人面樹《トレント》」

出現したのは巨大な、人面樹であった。

幹に顔のついた、木の魔物である。

……さて、当然ながら。

「食べられないじゃないのよぉおおおおおおおおおおおおおおおおおお！」

マリィ、ご立腹だった。

「なんで……よりにもよって、食べられない魔物が出てくるのよっ！！！！！！！！！！」

彼女にとって戦いはすなわち、食事の前の運動に過ぎない。

敵をたおし、ほどよくお腹がすいてきたところで、敵の素材を使った料理を食べる。

マリィにとって食べられる魔物と戦うことは、おいしい料理を食べることと同義。

つまり楽しい行為なのだ。

……だが、人面樹《トレント》のように食べられない魔物の場合、それは単なる苦行になる。

「リアラ殿下、おさがりください！　ここはおれが……」

一気にバトルへの士気が下がっているところ、リアラ皇女の部下、キールが前に出る。

「ちぇすとぉおおおおおおおおおおおおおおおおおお！」

キールは剣をぬいて、人面樹《トレント》に斬りかかる。

だが……。

がきん！

「なっ⁉　なんて固いんだ！」

人面樹《トレント》の枝は、キールの斬撃を受けてもまったく歯が立たないようだった。

カイトが首をかしげる。

「あれ、でも人面樹《トレント》って……たしかそんなに強い魔物じゃあないですよね？」

『そうだな。中堅冒険者程度だったら、一人で倒せる位だとおもうぜ』

「ってなると……あの人面樹《トレント》は、何か特別ってことでしょうか」

ど～～～～～～～でもよかった。

マリィはこいつらを捨て置き、さっさと番人の元にでも行こうと思った。

「ワタシがやる！」

「殿下！」

「この帝国に伝わる宝剣……カーライルを使うとき！」

リアラは腰につけていた剣を引き抜く。

ほぅ、とマリィが感心する。

かなりの魔法が付与されていた。

斬撃強化、身体能力向上等々……。

この魔法が衰退した世界においては、なかなか強い魔力のこもった一品といえた。

さすが宝剣。

「やぁあああああああああああああああ！」

リアラ皇女が大上段に剣を構えて、人面樹《トレント》の枝めがけて振り下ろす。

がりっ……！

「くっ……！　表面を少し削れただけか……！　なんて堅さなんだ……！」

宝剣の力を持ってしても、傷つけることはできない。

その上、マリィはやる気を完全に失っている。

絶体絶命のピンチ……。

だが。

「ん？　あれって……」

マリィは、見た。

リアラが傷をつけた、人面樹《トレント》の枝からしたたり落ちる……【それ】を。

「！」

一方で人面樹《トレント》は枝を伸ばして、攻撃してきた。

伸ばされた枝はリアラに殺到する。

「殿下……！」

「くっ……！　ここまでか……！」

そのときだった。

スッパァアアアアアアアアアアアアアアアアン！

突風が吹いたと同時に、人面樹《トレント》の枝が細切れになったのだ。

「これは……？」

「いったい……？」

怯える帝国勢。

だが、カイトは待ってました！　とばかりに目を輝かせる。

「魔女様……！」

マリィは右手を前に出していた。

風の魔法で人面樹《トレント》の攻撃を防いだのである。

『おいおいどういう風の吹き回しだ……？』

あのエゴイストが、人助けをするわけがない。

人面樹《トレント》が食べられない以上、戦う必要もない。

けれど明確に今、マリィはあの人面樹《トレント》にたいして攻撃を行ったのだ。

いったいなにが……。

「すぐ……おわらせるわ。【颶風真空刃《ゲイル・スライサー》】！」

マリィが両手を広げ、極大魔法を放つ。

最上位の威力を持つ魔法……それが極大魔法だ。

ビョォオオオオオオオオオオオオオオオオオオオ！

「す、すごい！　竜巻が発生して、人面樹《トレント》を飲み込んだ！」

「魔女殿！　さすがでございます！」

人面樹《トレント》はあっというまにバラバラになって倒れる。

カイトはもう大興奮だった。

「みましたかみなさんっ！　あれが、魔女様です！　ぼくたちを守るために、魔法を使ってくれたのです！　かっこいいですー！」

きゃあきゃあ、と大興奮するカイト。

だがマリィは、いつも通り鼻を鳴らす。

「勘違いしないでちょうだい。別に、あなたたちのためにやってないわ」

……カイトを含めた全員が、これが魔女のツンデレだと思っている。

その一方で、オセはあきれながら魔女に近づく。

『んで、魔女様よ。どうしていきなり、こんな食えない魔物を倒そうと思ったんだ？』

「ふ……よく見てご覧なさい、これを」

バラバラになった人面樹《トレント》の枝を、マリィが手に取る。

断面からは白い液体が垂れていた。

『なんじゃこれ？』

「舐めてごらんなさい」

首をかしげながら、オセが人面樹《トレント》の枝から分泌された、白いそれをなめる。

『！　あ、甘い……！　なんつーか……クリームっぽい？』

「そう！　そうなのよ！　これ……！　びっくりするんだけど……樹液がクリームなのよ！」

なるほど、樹液に見えるそれは、粘り気があって、よく見ればクリームであることがわかった。

「さらにこれ、この枝！　チョコなのよ！」

『ああん？　チョコだって……？』

「そうそう！　ほらほら、かじってごらん」

『いや……固くて無理だし……』

オセがぺろり、と人面樹《トレント》の枝の表面を舐める。

『……チョコだ』

「でっしょお！　すごいわここの魔物、品種改良されてるのかしらね。樹液がクリーム、枝がチョコだなんて！　は～～～～～～！　すっごーい！」

……まあようするに、マリィは自分のおいしいのためだけに、この人面樹《トレント》をたおしたのである。

さっきマリィの言った、あなたたちの云々は、別に照れ隠しでもなんでもなかったわけだ。

「カイト！」

「はいっ！」

びしっ、とマリィが改良・人面樹《トレント》の枝をカイトにむける。

「このチョコの枝を使って、おいしいデザートを作るのよ！」

「合点です、魔女様！」

きゃっきゃ、と無邪気にはしゃぐ二人をよそに、オセがぽつりとつぶやく。

『しかし魔物の品種改良だなんて……いったい誰が何のためにやってんだ？』

☆

マリィは人面樹《トレント》を撃退。

人面樹《トレント》はチョコレートでできており、樹液はクリームだった。

異様な魔物だろうと、マリィにとってはおいしいご飯が食べられるのなら関係ない。

カイトに調理を任せることにした。

「あれ？　魔女様〜。魔道具が使えません！」

マリィが作った魔道具、どこでもレストランが、作動しないのだ。

いつもだったら敷物をしいたら、異空間への扉が開いたというのに。

少し考えて、マリィは自分の見解を述べる。

「おそらくここが異空間だからでしょうね」

『どういうこった？』

「あれは現世と異空間をつなげる魔道具なのよ。異空間どうしだと干渉し合って、正常に機能しないのよね」

『まあ……言いたいことはわかるような、わからないような。むずい……』

とにかく、どこでもレストランは使えないようだ。

「困ったわね、レストランがないと調理できない……」

それは大変困った。

だが、マリィはふと考える。

「ねえ、皇女」

「む？　なんだ！」

「あなたの城って、厨房ある？」

「あるが……それがどうしたのだ？」

「貸して」

「え？」

「厨房、貸して」

マリィの圧に、リアラ皇女がおずおずとうなずく。

言質を取ったマリィは、ふんす、と鼻息を荒くする。

リアラの部下、キールは首をかしげながら、魔女に問いかける。

「ま、魔女様……なにをなさるおつもりで？」

「ん？　帝城へ転移する」

「なっ⁉　ま、魔女様……それは無理です！」

キールは無理だとハッキリ断定した。

『なんでだよ？』

「我ら調査部隊が、かつて蓬莱山にやってきたとき、帰還のために転移結晶を使おうとしたのです」

転移結晶。

転移の魔法が付与された魔道具だ。

魔法が衰退したこの世界において、超稀少なアイテムではあるが、皇女直属の部隊と言うことで、皇帝陛下からさずけてもらったのである。

「転移結晶を使おうとして、しかし正常に発動しませんでした」

『なるほど、転移を阻害する呪いかなにかがかかってるわけだな。つーわけだ、魔女さまよ、帰るのは無理だぜ？』

しかしマリィはフッ……と鼻で笑う。

「この程度の呪いで、私の歩みを止めようなんぞ、片腹痛いわ！」

マリィは右手を天井にかかげる。

空中に魔法陣が展開する。

「【解呪《ディスペル》】！」

ぱきぃんん！　とガラスの割れるおとととともに……。

『んなっ⁉　そ、空が……赤い空が、青くなっていくぅう⁉』

先ほどまで、蓬莱山の頭上には赤い空が広がっていた。

しかしマリィが解呪《ディスペル》の魔法を使用したとたん、青空へと変わったのである。

「【転移《ゲート》】」

それは、空間をつなげる超高度な魔法だ。

その向こうには……。

「て、帝城の、厨房⁉」

リアラが驚愕する。

転移結晶が使えないと言われていた中で、転移を使って見せたのだ。

「ま、魔女殿……すごい……！」

「カイト、このチョコを使って、おいしいものを作ってきなさい」

リアラをガン無視して、マリィはカイトにそう命じる。

彼はうなずくと、両手に一杯にチョコの人面樹《トレント》を持って、【転移《ゲート》】をくぐっていった。

マリィは敷物をしいて、優雅に座る。

カイトが帰ってくるまで、期待に胸を膨らませる……。

やがて……。

「できました……！　魔女様！」

厨房から帰ってきたカイトの手には……。

「チョコレートケーキ……！」

マリィの目が星空のように輝く。

カイトの手には、それはもう大きく、見事なチョコのホールケーキがにぎられていたからだ。

ただのホールケーキではない。

カイトの背の半分くらいの高さのある、まるでウェディングケーキのような外観をしていた。

マリィはそのケーキのあまりにおいしそうな見た目に、くらり……と倒れそうになる。

「か、カイト！　でかしたわ！　なんておいしそうなのっ！」

「ありがとうございます！　さぁ魔女様、こちらを！」

「！　その、シャベルみたいなスプーンで、すくってたべていいとぉ!?」

「はい！　どうぞ！」

マリィは笑顔になると、シャベルスプーンを手に、ざくざくとチョコケーキをほって食べていく。

「うま～～～～～～～～～～～～～～～～～～～～～～～～～～～～～～～～～～～～～～

～～～～～～～～～～～～～～～～～～～～～～～～～～～～～～い！」

チョコレートソースは少し苦みがあるも、ホイップクリームが間にはさまっており、クリームの甘さが逆に引き立つ。

ざくざくとした食感のチョコまでまぜてあって、味にあきがぜんぜんこない。

猛烈な速度でチョコケーキを食らっていく魔女。

その様子を、リアラたちはぽかんとしながら見ていた。

……そして、オセが神妙な顔つきでつぶやく。

『呪いを解くってことは、かけた相手に呪いが返った……てことだ。呪詛返し。多分これで敵に、魔女さまたちのことが知られちまったな……』

だがそんなのはまったく気にせず、マリィはのんきにチョコケーキをほおばって「うーまーーい！」と叫ぶのだった。

☆

マリィはカイトの作った、チョコレートケーキを食べてご満悦の表情。

一方、リアラ皇女と部下キールは、マリィの食いっぷりにただ驚いていた。

「カイト。今日もおいしいデザート、ありがとう」

「！！！！！！！！！！！！！！！！！！！！！！！！！！！！！！！！！！」

カイトが至福の表情をうかべ、ふにゃりとその場に倒れる。

「だ、大丈夫なのかカイト少年っ」

リアラはカイトを抱き起こす。

彼はうっとりとした表情でつぶやく。

「まじょしゃまにほめられて……うれしいれふぅ～……♡」

「そ、そうか……無事なら何よりだ……」

リアラ皇女はほっと安堵の息をつく。

マリィたちにとってはいつものやりとりだけど、外部の人間からすれば見慣れぬ光景。

「しっかし魔女様は、よく食べるのでありますなぁ」

キールが目を丸くしながら、たった今空になった皿を見やる。

カイトの上半身くらいある、でかいケーキを、マリィは全部一人で食べたのだ。

「あの質量はどこへいったのでありますか……魔女様はこんだけ食べても、細身で素敵でありますのに」

『全部魔力に変換されてるんだとよ』

魔法を使う力、魔力。

人間の場合、寝ないと回復しないのだが、マリィは食事をすることで、魔力を回復させられるのだ。

「そ、それってすごいことではないかっ？　さすが魔女殿だ！」

普通寝ないと回復しない魔力を、別の手段で回復させているのは、たしかにマリィにしかできない芸当である。

『んで、魔女さまよ。これからどーすんの？』

黒猫オセがマリィに尋ねる。

どうする、というのはこの先のことだ。

『あんたもう、デザート食って満足しただろ？　蓬莱山の奥へ行く用事はなくなったんじゃあねえの？』

マリィはそもそも、この蓬莱山に、おいしいデザートを食べに来たのだ。

人助けだとカイトたちは勘違いしてるけども。

チョコレートケーキを食べたことで、食欲はつきてしまい、この先へ進む動機を失ったのではないか……とオセは思った。

しかしである。

「バカ言いなさい。こんなので満足できるわけないでしょう」

マリィは横になりながら、にやりと笑う。

「わたしの食欲は……宇宙よ」

『真顔でぼけてんじゃあねえよ……つまりまだ満足してないわけだな』

「そのとおり。おいしいデザートが、たくさん食べられそうな予感もしたしね」

『あん？　どういうことだよ』

しゃべりすぎたのか、マリィは若干喉が渇いた。

そこへすかさず、カイトが手に持っているものを差し出す。

「どうぞ！」

「ありがとう。気が利くわね」

「えへへっ♡」

カイトが差し出したのは、マグカップだ。

中には甘さ控えめのコーヒーが入っている。

マリィはカイトの優秀さ（ぱしり犬っぷり）に感心した。

カイトはどうぞどうぞ、とリアラ皇女たちの分のコーヒーも配る。

「さっきの人面樹《トレント》だけど、他者の魔力の痕跡《こんせき》がついていたわ」

『たしゃ……？　つまりどういうことだ？』

「誰かがあの人面樹《トレント》を、改造したってわけよ。おそらく……魔法ね」

『なっ⁉　ま、魔法だと⁉　そんなの……ありえねえだろ！』

そう……あり得ないことだ。

カイトも、そしてリアラたちも目を丸くしている。

「魔女殿以外に、魔法が使えるお方がいるなんて……」

そう、今この世界では、魔法は衰退して、誰も使えないのである（マリィ除く）。

つまりトレントを改造した人間もまた……。

『魔法使いが、蓬莱山にいるってえわけか』

「確証はないけどね。魔法、あるいは、それに準ずる術を使ってるのは確かよ」

『マジかよ……』

オセは戦慄する。

この世界において、魔法使い（マリィ）は、無双の力を持っている。

『あんたみたいなのがほかにも居たら、この世界やばいんじゃあねえの？』

衰退世界において魔法は国を滅ぼすことができる、唯一にして無二の技術だ。

マリィは、食欲以外に興味が無いからいいものの、その魔法使い（暫定）が蓬莱山の外に出たら……。


「下界は……大変なことになるな」

ごくり、とリアラ皇女が息をのむ。

一方でマリィはにやりと笑った。

「俄然、会いたくなったわ」

「！　そ、それは……つまり……！」

「ええ、そういうことよ」

「そういうことなのですねー！」

リアラ皇女が目をキラキラさせ、マリィに尊敬のまなざしを向ける。

「この世界に悪をもたらす、その悪い魔法使いを、魔女様が倒してくださる、そういうことですねー！」

カイトもまた目をきらっきらさせている。

リアラ皇女とカイトは手を取り合う。

「やっぱり魔女殿は優れた人格の持ち主！」

「魔女様は最高ですよねー！」

きゃっきゃ、と盛り上がる二人をよそに、オセはあきれたような表情で、マリィを見やる。

『んで？　なんで会いに行きてぇの？』

「トレントをお菓子の化け物に変えるみたいな、そんな素敵な魔法を使えるやつがいるなら……是非ともあって、その魔法を習得したいからに決まってるじゃあないの！」

『食べるため？』

「ったりまえでしょ！」

ほかに何があるの？　とばかりにマリィが言う。

「魔物をお菓子のモンスターに変えるなんて、最高だわ！　好きなときにあのうまうまおやつを食べれるなんて！　くぅ！　どんな呪文なのかしら！」

とまあマリィは己の食欲を満たすために、どうやらこの蓬萊山にいるという、魔法使い（暫定）に合いにいくようだ。

一方、カイトとリアラ皇女は、蓬萊山に住む悪い魔法使い＝帝国にピンチをもたらしてる元凶、それをマリィが倒しに行くと勘違いしてるのである。

「な、なんでありますか……この異様な空間……」

『お、わかるかい、キールの兄ちゃん。だよな、変だよなこいつら』

うんうん、とオセとキールは、うなずき合うのだった。

☆

食後のコーヒーを飲んだあと、マリィたちは再出発する。

「魔女殿がおっしゃっていた番人とは、どのようなお方なのだ?」

リアラ皇女が尋ねると、マリィは「そうね」とつぶやきながら、昔を思い出す。

「トカゲね」

「ほぅ……トカゲが番人なのですか」

「ええ、白いトカゲね」

「ふぅむ……しかしかような小さき生き物が、禁書庫を守れるようなものか?」

リアラ皇女は手のひらサイズの、小さなトカゲを想像した。

しかしオセだけはわかっていた。

この魔女の言うところのトカゲが、皆が思い描くようなものと同じではないことを。

しばらく歩いていると湖にでた。

「わぁ……! でっかい湖ですねぇ!」

カイトが声を張り上げる。

確かに対岸が見えないほど、広い湖だ。

「それにしては、ちょっと湖が濁っておりますな」

「そうだな、キール。汚泥のようだ」

帝国組が湖を見て率直な意見を述べた。

なるほど、たしかに水は濁っており、まるで泥のようで、表面ではガスが噴出してる。

マリィは首をかしげる。

「こんなんだったかしら……？」

『魔女さまよ、ここが目的地なのか？』

「ええ……そのはず。このあたりに禁書庫があったはず」

『しかし書庫っつーわりに建物がみあたらねえな』

オセは、禁書庫がどこかの建物のなかにあると思ってるようだ。

訪れたことのあるマリィは、オセの考えが間違ってることを知ってる。

と、そのときである。

ずずずずず……！

「！　殿下！　あちらを！　湖から……何かが這い出てきます！」

湖の水が盛り上がり、ゆっくりと何かが顔を覗かせる。

「んなっ⁉　なんでありますか……あの……デカい化け物はぁ……⁉」

キールが腰を抜かす。

彼が見上げる先にいたのは……。

汚泥でできた、形容しがたい化け物であった。

獣の形をしてるように見えるも、近似するものが何か、想起しずらいものがある。

結局、泥の化け物という他ならなかった。

『あれが番人か……？』

「いやちがうわね。おかしいわ、モンスターが現れたら、番人のやつが直ぐにとんできて、やっつけるはずなのだけど……」

『番人のやつが、サボってるとか？』

「いや……そうじゃあなくて……」

会話するオセと魔女をよそに、リアラたちは泥の化け物に怯えていた。

「ま、魔女様……！」

カイトが救いを求めるように、マリィを見てくる。

しかしマリィは、見るからにやる気がなかった。

『魔女さまよ！　あの化け物どうみても、食えないからって、テンションだだ下がるきもちはわかる！　すげえわかる！　でもあんたくらいしかまともに戦えないんだ！　やっつけておくれよ！』

マリィは凄い、ものすごい、嫌そうな顔をしていた。

おいしいに繋がらないバトルには、極力参加したくないのだ。

『ウボロォオロロロロオォオオオオオオオオオオオオ！！！！！！！！！』

泥の化け物が叫ぶと、口から泥を吐き出す。

それは広範囲に広がって、マリィたちに襲いかかる。

『避けろ！　毒だ！』

毒使いであるオセは、直感で、あの化け物が吐いたのが毒だと気づいたようだ。

襲いかかる泥の波。

マリィはため息をつきながら右手を前に出す。

「岩山隆起《ロック・ブレイク》」

突如、地面が隆起して、分厚い岩壁が出現する。

見上げるほどの巨大な岩の防壁は、しかし……。

じゅうううううう……！

「一瞬で、防壁が溶けただと⁉」

「魔女殿の魔法がなけれ……今頃……」

帝国組は顔を青くしてつぶやく。

『おぼろろろおおおおおおおおおおおおおお！』

泥の化け物はマリィたち……というか、マリィに狙いを定める。

どうやら敵と認定されたようだ。

マリィはここで一人逃げることもできた。

そもそも食べられそうにない魔物と戦うのは、好きではない。

「！　あれは……なるほど……」

マリィは泥の化け物を見て、ひとり納得したようにうなずく。

『どーすんだよ魔女さま？　一時撤退か？』

「いや、戦闘続行よ」

『は？　なんでだよ、食べられる魔物じゃあねえぞありゃ』

「わかってる。でも、私は、あいつに用事があるのよ」

びしっ、とマリィが化け物を指さす。

「禁書庫の、番人……ね」

「あの泥の化け物が、禁書庫の番人だと⁉」

蓬莱山の、湖のほとりにて。

リアラ皇女は、泥の化け物を見つめながら声を張り上げる。

この化け物が、番人というにはあまりに異形すぎたからだろう。

何かを守るというより無差別に攻撃してきたことから、とても番人とは思えなかった。

『根拠はなんだよ？』

「体内に宿してる魔力ね」

『魔力……？』

「ええ、あの魔力の波長には覚えがあるわ。あれは……確かにこの禁書庫の番人のもの」

マリィはかつてこの禁書庫にきて、番人とあったことがある。

その際、番人の保有する魔力の波長を、一度感じ取ったことがあるのだ。

「番人のそれと、あの化け物の波長は一緒だった」

「ま、魔力に波長なんてあるのですか！　すごい……そんなこと知ってるなんて、さすが魔女様！」

カイトが目をキラキラさせながら言う。

だが感心してる場合ではなかった。

『どーすんだよ、番人暴れてるけど。元からあんな感じなのか？』

「ぐぼぉろぉおおおおおおおおおお！」

またも番人が泥を発射してくる。

マリィは風の魔法を発動。

泥は空中でボロボロと崩していった。

『武装解除《エクスペリ》の魔法……あんた、本当に器用だな』

武装解除の魔法とは文字通り、相手の武装をこわし、無力化させる魔法のことだ。

「番人はおそらく、蓬莱山の魔法使いによって、体を変質させられてるわ」

「！　つまり……人面樹《トレント》と同じく、あの番人殿も化け物にされてると……？」

リアラ皇女のといかけに、マリィがうなずいて見せる。

「人面樹《トレント》をチョコにかえたように、番人を泥の化け物にかえたのね。性質を変化させる魔法が使えるみたいだし」

「すごい……さすが魔女殿！　我らでは見ただけでわからぬ事象を、一発で見抜いてしまわれるなんて！」

感心するリアラ。

だが次々と、番人は泥を打ち込んでくる。

マリィは武装解除で応戦してるが、防戦一方といったところ。

『これからどうするんだ？』

「とりあえず、相手を無力化するわよ。話を聞きたいしね、こんなこと誰がしたんだって」

蓬莱山の魔法使い（暫定）の情報を、番人から仕入れるため、マリィは戦うことにした。

「やれやれ……お腹の足しにならないバトルは、やりたくないんだけどね」

手始めに風の刃での直接攻撃を図る。

ズバンッ！　という音とともに、泥の化け物の腕がぼとりと取れる。

「やったか⁉」

『いや……まだだぜ皇女さんよ。アレをみな？』

「⁉　す、直ぐに体が再生しただと⁉」

切断面から新しい泥が生えて、それが腕の形へと変化した。

マリィはそれを見て考察を述べる。

「おそらく体の細胞が、スライムのような軟質性のものに性質変化させられてるのね。物理的な攻撃は全て無効にさせられるでしょう」

「敵の性質を一瞬で見抜くなんて……さすが魔女様です！」

カイトが相変わらずよいしょする一方、マリィは結界を張って、彼らをガード。

異空間からホウキを取り出して、それに乗っかって飛翔。

『魔女さまよ、何するんだ？』

黒猫のオセが、同じくホウキに乗ってマリィに尋ねる。

「斬撃、打撃、そういう攻撃がきかないのなら、きくようにするまでよ」

『オボロロオロォオオオオオオオオオオオオオ！』

ドバッ……！　と泥の化け物が、体の泥を照射。

マリィめがけて、溶解毒の泥を飛び散らせる。

マリィは飛行魔法で泥をすべて華麗に回避して見せた。

敵の泥は防壁を突破してくるので、仕方ないのである。

「見事な回避でございますな！」

「けど……大丈夫だろうか。魔女殿。あれでは近づけないではないか……」

帝国組が心配そうに、マリィの戦う姿を見ている。

一方でカイトは確信めいた様子で言う。

「問題ありません。魔女様はお強いですから！」

マリィと出会い今日まで、彼女が戦う姿をたくさん見てきた。

カイトからすれば、こんなの困難でもなんでもないのだ。

マリィは泥の攻撃を避けながら魔法を完成させる。

「絶対零度棺《セルシウス・コフィン》」

ガキィイイイイイイイイイイイイイイイイン！

……突如として湖、そして泥の化け物、そして周りの氷すべてが、氷に包まれた。

『さ、さみぃぃ……なんつー出力の魔法だ。辺り一面が氷河期だぜ』

氷の棺に泥の化け物が閉じ込められている。

一歩も動けない様子だ。

『なんかあっさり倒したな』

「まだね」

『なんだって……？』

びきっ、ばきっ、と氷の棺にヒビが入る。

ばきぃいいいいいいいいいいいん！

「そ、そんな……！　魔女殿のすごい氷の魔法を、打ち破ってきたですって⁉」

キールが驚くのも無理はない。

あんな凄い氷の魔法に閉じ込められたら、何をどうやっても外に出ることは不可能だろう。

「い、一体どうやったのでありましょう……？」

「ふむ……あの泥、どうやら氷を溶かしてしまうようね」

物理攻撃、そして魔法での攻撃も、あの泥は溶かして無効化してくるということだ。

『オボロロロオォオオオオオオオオオオン！』

泥の化け物が、頭上めがけて泥を吐き出す。

巨大な泥の玉……いな、泥のシャボン玉がふわふわと浮いていく。

「ふぅん、なるほどね」

『ま、魔女さまよ、あいつ何するつもりなんだ？』

「あれは泥で作ったしゃぼんだまよ。おそらく、空中で爆発させて、散弾のように周りに泥をまき散らすつもりみたいね」

マリィは敵の狙いを一瞬で看破する。

彼女は転生前、そして転生後も、たくさんの戦いをくぐり抜けていた。

その経験があるからこそ、ある程度は敵の攻撃を予測できるのである。

『って！　どうすんだよ！　全部避けるのか⁉』

「いや、大丈夫。もう魔法は完成してるわ」

『あんたなにを……？』

泥の化け物の頭上に、一本の杖が浮いていた。

『ありゃたしか……魔女さまの、接骨木《ニワトコ》の神杖《つえ》？』

極東で見せた、マリィの使う杖だ。

彼女の魔法をアシストする機能が搭載されている。

「術式解放、時間停止《タイム・ストップ》」

その瞬間……。

泥の化け物、そして化け物が照射した泥のしゃぼん玉が、硬直したのだ。

「な、なにが起きてるのでありますか……？」

「麻痺の魔法……？」

帝国組が首をかしげる一方で、マリィは説明する。

「時間を止めたのよ」

「じ、時間をとめたぁ……!?」

驚く二人を前に、マリィは淡々と種を明かす。

「あの軟質の体を攻略するためには、一度あのぶよぶよの体を固める必要がある。でも氷すら無効化するなら、あとはもう時間を止めるしかないじゃない」

確かに細胞の時間を止めてしまえば、体が変形することはない。

『言うは易しだけどよぉ……時間を止めるなんて、そうそうできるもんじゃあねえぞ……』

「できるわよ。オカシナこと言うわね」

『そりゃあんたが異常なだけだよ……！　やばすぎだろ……ったく』

マリィはパチンッ、と指を鳴らす。

その瞬間、風の刃は泥の化け物の体をバラバラに引き裂いた。

どぼん……！　と湖のなかに泥の化け物の体が次々落ちていく。

「す、すごいです魔女様！　あんな化け物を、一瞬で倒してしまわれるなんて！」

カイトから賞賛されても、マリィの表情は暗いまま。

倒したところで食べられないからである。

☆

マリィは泥の化け物となった禁書庫の番人と戦っていた。

時を止めて、攻撃し、番人をバラバラにしたところである。

「なんだか……かわいそうですね……」

肉塊を見てカイトが同情的なまなざしを向ける。

「敵に身体を勝手に変えられて、最後は死んでしまうなんて……」

「何勝手に殺してるのよ」

「ふぇ……?」

マリィの目的は番人から、この蓬莱山の情報を得ることだ。

殺すわけがない。

『じゃあどーすんだよ』

「こーすんのよ」

オセの問いかけに答えた後、マリィは接骨木《ニワトコ》の神杖《つえ》を手に持って、魔法を展開させる。

何重もの魔法陣が肉塊の周りを取り囲む。

「……これ、すごく魔力を使うから、あんまり使いたくないんだけど、仕方ないわね」

魔法陣は鳥かごのように番人の肉体を包み込み……。

「【固有時間遡行《リミット・タイム・リバース》】」

突如として魔法陣に時計盤が浮かび上がる。

針が逆転していくと……。

「！　番人殿の肉片が、元に戻っていくぞ⁉」

リアラ皇女が驚くのも無理ない。

バラバラになった肉塊が元の場所へもどり、さらに……。

泥に変質していた細胞が、元の形へと戻っていく。

汚泥だったそれは白く美しいうろこへ。

「な、何が起こってるのですか……？　魔女様」

「時間を戻してるのよ」

「時間を⁉」

「といっても対象者の体内時間を戻してるだけだけどね」

世界の時間ではなく、対象となるものの時間を戻してるのだ。

傷つく前、変わり果てる前の姿へと……。

やげて獣みたいなフォルムは、一匹の流麗なフォルムをした、白竜へと……。

『竜だったのか、番人って……』

「ええ、竜の魔神、名前は……ロウリィ」

『ロウリィ……？』

ややあって、時間が巻き戻るのが終わると、そこには見上げるほどの巨大な白い竜が眠っていた。

「なんと……神々しい見た目の竜だろう……」

リアラ皇女が思わずそうつぶやいてしまう。

日の光を受けて、竜のうろこは白く輝いているようだ。

翼は天馬のように白く美しく、その鋭い目つきからは知性を感じられる。

マリィはため息をつくと……。

げしっ……！

「「「け、蹴ったぁ……!?」」」

「いつまでも寝てるんじゃあないわよ。起きなさい、ロウリィ」

うずくまってる竜の顔面を、マリィは躊躇《ちゅうちょ》なく蹴飛ばした。

これほどまでに大きな竜を……である。

当然、カイトたちはハラハラしていた。

そんなことを、竜は怒ったりしないのだろうか……？

白竜ロウリィはパチリ……と目を開ける。

そして……。

『ふぁああ～……はえ？　もう朝っすか？』

……とまあ、のんきな声でそう言ったのだ。

可愛らしい少女の声だった。

見た目とその声のギャップに、カイトたちは戸惑う。

マリィはゲシゲシと竜の鼻先を蹴りまくる。

「なにがもう朝よ。手間かけさせないでちょうだい？」

『いたたた！　いたいっす！　何するんすか！　てゆーかあんただれ⁉』

「寝ぼけてるんじゃあないわよ。わかるでしょ？」

『⁉』

ロウリィがマリィを見て固まる。

『こ、この魔力……そして性格の悪さ……！　ラブマリィっすかあんた……ぎゃん！』

マリィはげしっ、と鼻先を思い切り蹴る。

「目は覚めた」

『うう～……。ひでーっすわ……』

「何がひどいだ。私は必要ない労働を強いられたのよ」

『！　そ、そーっす！　自分は確か、嫉妬の魔女に呪いをかけられて……！』

「嫉妬の魔女……？」

初めての単語に、マリィが首をかしげる。

一方ロウリィは困惑してるようだ。

『自分、嫉妬の魔女の呪いで化け物になってたんす。でも……戻ってる。なんで……？　ぎゃん！』

マリィが再びロウリィの鼻を蹴飛ばす。

「とりあえず、何か言うことがあるんじゃあないの？」

白竜はたしかに、といってうなずいたあと……。

マリィの前に平伏して言う。

『戻してくださり、ありがとっす……魔女さん』

そんな白竜の姿を見て、カイトが感心したようにうなずく。

「あんなすごい竜を従えてしまうなんて！　さすが魔女様です！」

「あの恐ろしい呪いをたやすく解いてしまう、魔女殿はすごい！」

二章

マリィは禁書庫の番人ロウリィを救出した。

『改めて……魔女さん、自分を助けてくれて、ありがとうっす』

見上げるほどの大きな竜が、マリィの前に平伏する。

その姿にオーディエンス（カイトとリアラ）は、竜を従える魔女様すごいと尊敬のまなざしを向けていた。

一方でマリィはその場にくら……と倒れる。

カイトは慌ててマリィを抱き起こす。

「魔女様！　どうしたのですか⁉」

「……お腹減ったわ。だいぶ魔力を使ったから」

ロウリィとの戦闘、そして時間を巻き戻す大規模な魔法を使ったことで、マリィは魔力を大量消費した。

その結果、腹が減ったのである。

「任せてください！　魔女様がご満足いただける料理を作ります……！」

「……そう、頼むわ。なにかこう……がっつりとしたものが食べたい……肉とか」

「肉……ですか……」

ジッ……とカイトとマリィの視線が、ロウリィに向く。

二人の視線に、よからぬものを感じて、ロウリィが額に汗をかく。

『な、なんすか……』

「ドラゴン」「肉……」

『いやいやいやいや！　やめてくださいよ！　自分、死にたくねーっす！』

「「肉……」」

『ああもう！　ちょっと待つっす！』

ロウリィはそう言って翼を広げる。

ぼこっ、ぼこぼこぼこぼこ！

「！　急に湖のほとりの地面が、隆起しだしたぞ⁉」

「これは……植物、でしょうか？」

一瞬で畑ができて、そこにはたくさんの緑がなっていた。

カイトが近づいて、すんすんと匂いを嗅ぐ。

「これ……じゃがいもです！　ほうれんそうもあるし……お野菜たくさん生えてます！　しかも凄いたくさんの種類があります！」

色とりどりの野菜が辺り一面に生えていた。

リアラ皇女が目を剥いて言う。

「すごい……さっきまで何もないただの地面だったのに、一瞬で植物を生やすなんて。これは……魔法？」

『そっす。うちの魔法は、超再生っす。あらゆる生命の成長を促進するすげえ魔法っすよ。どや！』

ふふん、と得意げのロウリィ。

ようするに再生の力を使って、そこら辺に生えていた植物の根っこから、このようなたくさんの野菜を作ったのだ。

しかし……。

「野菜か……」

今マリィはがっつりとしたものが食べたい気分なのだ。

野菜じゃ物足りないのである。

「やはり……ドラゴンステーキ……」

『うひぃいいい！　死にたくねーっす！　おたすけ～！』

そこへ、黙考していたカイトが口を開く。

「これだけたくさんの野菜があって、満足が得られるというと……キッシュとか……どうでしょう」

「キッシュ！　それだわ。直ぐ作ってきなさい！」

「あいあいさー！」

マリィに命じられて、カイトはウキウキしながら野菜を採取する。

リアラ皇女も「手伝おう！」と嬉々として野菜を回収してる。

「お、皇女殿下ともあろうおかたが、土いじりなど！」

「よいのだキール。私はここに来て何もしていない。せめて、魔女殿のお役に立ちたいのだ！」

「は、はあ……では、わたくしめも手伝うのであります」

とまあ部下達をこき使う一方で、マリィは木陰でのんびり休む。

オセはロウリィに尋ねる。

『しかしおまえさん、こんなすげぇ魔法使えるのに、蓬莱山のその……嫉妬の魔女？　ってやつに出し抜かれるなんてな』

『うう……めんぼくねーっす……。でもうちの固有魔法、戦いに向かないし……』

確かに超再生は凄い力だが、彼女が言うように、戦闘向きとはいえない。

回復や補助の技だった。

『番人が負けてちゃ意味ねえわな』

『うう……いやでも、しゃーないんすよ。嫉妬の魔女、めちゃんこ強くて……』

『竜が出し抜かれるほど、つええのか、そいつ？』

『はいっす。やばい強いっす』

オセはロウリィから情報を収集、カイトたちはマリィのために野菜を集め……。

当の本人はというと……。

「キッシュ～……たのしみぃ～……」

と食事に思いをはせているのだった。

☆

「改めて、魔女さん。自分を助けてくださり、ありがとうございますっす」

カイトがキッシュを作ってもってきて、マリィがばくばくと食べてしばらくしたあと。

一人の白髪の美少女が、一行の前に現れて頭を下げてきた。

「貴殿は……もしやロウリィ殿？」

「そっす。番人のロウリィっす」

リアラ皇女はロウリィの、あまりの変ぼうっぷりに驚く。

先ほどは見上げるほどの威容を持った白き竜だった。

しかし今は、十五くらいの、可憐な白髪の美少女となっている。

……まあもっとも、マリィはそんな変化みじんも興味がないのだが。

マリィはカイトお手製のキッシュを、一人占めにしていた。

お皿に山盛りになったキッシュをつまんで、サクッ……と食べる。

「ン～～～～～～～～～～～～～～～～～～♡　いい！　最高！　サクサクの生地に、とろっとろのクリーム！　お野菜がたくさん入ってて、その甘みもあってちょーおいしい！」

「ありがとうございます、魔女様！」

のんきにご飯を食べる魔女をよそに、悪魔オセが尋ねる。

『んで、あんたとそこの食欲魔女はどういう関係なんだ？』

「前世の繋がりっす。この人、一時期禁書庫に住んでたことがあったんすよ」

「ほー、なんで？」

「【はじまりの魔法使いヴリミル】様のもとで、弟子やってたんすよこの人」

『はじまりの……魔法使い？』

こくん、とうなずくとロウリィが説明する。

「ヴリミル様はこの世界において、魔法を世界で最初に研究した人っす」

『な、なんじゃそりゃ……！　魔法を始めてって……そうとう昔の人じゃあねえのか？』

「そっす。女神様がこの世界を作り、魔法を普及させる際に、伝道師として選ばれたのがヴリミル様っす」

世界が生まれてから気が遠くなるような時間が経過している。

もしも生きているとしたら、とんでもない高齢といえた。

「ヴリミル様にはお弟子さんが七人居たっす。そのうち、もっとも優秀で、ヴリミル様自ら、次の【賢なる者】として選んだのが……マリィさんっす」

『そ、そんなスゲぇやつから認められた、スゲぇ魔法使いだったのか……その女……』

マリィに視線が注がれる。

じろり、とマリィはにらみ返していう。

「キッシュはあげないわよ。ぜーんぶ私のだから」

「「………」」

とてもじゃないが、賢なる者とは思えなかった（オセ・キール談）。

オセは気を取り直して言う。

『つーか、賢なる者ってなんだよ』

「最高位の魔法使いのことっす。賢なる者には、ヴリミル様が残した秘宝を使う権利が与えられるっす」

『秘宝……？』

「特別な魔道具っすね。蓬莱山もその一つなんす」

え？　とオセが目を丸くする。

『お、おいちょっと待てよ。蓬莱山の出現は、魔女さまが意図したものじゃあねえぞ』

「……そっす。そこに、嫉妬の魔女がからんでくるんす」

『嫉妬の魔女……あんたを化け物に変えたっていう？』

「そっす。嫉妬の魔女マーサのやつに、やられたんす」

『嫉妬の魔女……マーサ』

オセがちらっと一瞥する。

マリィはキッシュを食べるのをやめて、ロウリィを見やる。

「マーサのやつが、ここに来たの？」

マリィの口ぶりからすると、知り合いのようだと、オセは感じ取った。

しかしオカシナ話だ。

マリィは転生して現代に来ている。

おそらくマーサと出会ってるのは前世のときだろう。

となると、マーサなる人物は相当な高齢だと言えた。

果たしてそんな長い期間、生きていられる人間はいるのだろうか……？

「マーサはエルフよ。とても、とても嫉妬深い」

『ほぉー……エルフ……。って魔女さまよ、あんたエルフよりも、魔法の腕において上ってことにならねえかそれだと？』

ヴリミルの弟子は七人いたそうだ。

つまりマリィとマーサは同じ門下だったということ。

エルフのマーサを差し置いて、ヴリミルから【賢なる者】の称号をもらったということは……。

マーサを上回る技量が、マリィにはあったと言うこと。

『エルフより上とか、どんだけだよ……』

「すごいです、さすがは魔女さまですね！」

褒められても別に、マリィは嬉しそうにしていない。

むしろ、うっとうしそうに顔をゆがめる。

「……マーサのやつ、絡んでくるでしょうね」

「そっすね。マーサの張った呪詛をといたんすから、かけた本人に呪いが返ってるでしょうし」

マリィは実にめんどくさそうにため息をついたあと……。

「わかったわ。マーサをなんとかして、こらしめてきてあげる」

「！　い、いいんすか？」

「ええ」

「ありがとうっす！　なんとお礼を言っていいやら……！」

禁書庫、ならびに蓬莱山の守護を任されてるロウリィにとって、この場を荒らすマーサは害悪でしかない。

しかしロウリィは一度マーサに敗れている。

同格以上の魔法使いである、マリィに頼むしかなかった。

けれどロウリィはマリィの、自己中心的な正確を知っていた。

頼んでも動いてくれないだろうと諦めていたのだ。

あっさりと引き受けてくれたことに、感謝するマリィ。

「やっぱり、魔女殿は素晴らしいおかただ！　弱き者のために杖をとるなんて、しかも相手は邪悪な魔女だというのに！　なんと勇敢なことだろう！」

リアラ皇女は感動のあまり、涙を流していた。

だがオセ（とキール）も理解してた。

マリィは決して、人のために戦わないということに。

「勘違いしないで。ほっといたら面倒なことになりそうだからね」

この言葉も、信者にとっては、ツンデレセリフにしか聞こえない。

かくしてマリィは、嫉妬の魔女マーサの討伐に向かうのだった。

☆

さて、マリィが蓬莱山で次の目標を見つけた、一方その頃……。

マリィを婚約破棄し、追放処分まで下したものたちはどうなってるのか……。

まず、マリィの婚約者ルグニス。彼はこのゲータ・ニィガ王国の王太子であり、元マリィの婚約者だ。

彼はマリィではなく、彼女の妹グリージョを新しい婚約者にしたのだった。

さて、グリージョは姉を追放したあと、高笑いしていた。

彼女は姉のことが嫌いだった。

なぜなら彼女は落ちこぼれだったからである。

この魔法の衰退した世界において、唯一の神の奇跡、それが【法術】。

法術とは聖なる力のことであり、これを使って結界を構築することができる。

魔法がない以上、街を守るためには、この法術による結界が唯一の防衛手段なのだ。

それゆえ法術を高いレベルでつかえるものは重宝される。

マリィの妹グリージョは、同年代の女の子たちよりも遥かに、法術の才能があった。

それゆえに、増長した。

だからこそ、姉が疎《うと》ましかった。

自分のほうが法術使いとして上なのに、姉というだけで、王太子の婚約者に選ばれたことが、むかついた。

はっきりとした実力差があるというのに、歳だけで、姉より評価が下だと思われるのが。

……だから、ルグニスに嘘を吹き込んだのである。

結果姉はいなくなり、万々歳。

これからきっと、素晴らしい人生が待っている……。

と、心の底から思い込んでグリージョは、本当に愚か者だった……。

☆

「ぜえ……はあ……ね、眠い……死にそう……」

グリージョがいるのは、王都にある大聖堂。

そこで彼女は必死になって、法術を使って結界を維持していた。

「もう……三日も寝てない……つらい……死にたい……なんなのぉ……」

目の下に大きなくまができていた。

明らかに寝不足だった。

寝ずに力を行使し続けているのには、理由があった。

最近魔物の活動が、活発化してきているからである。

なぜか知らないが、人里に魔物がたくさんあらわれるようになったのだ。

しかしそれ自体は昔からよくあったことだ。

……問題は、結界の持続に、力が必要になってきたことである。

「おかしい……あたしは天才なのに。結界なんて寝ててもかるーく維持できてたのに……マリィがいなくなってから、それができなくなった……すごい……ぜえぜえ……力入れないと……直ぐに消えちゃう……」

グリージョは気づいていない。

彼女の力は、マリィによって底上げされていたということを。

マリィは無意識に強化・付与魔法を使っていたのだ。

というか、自らに使っていた魔法の余剰分が、グリージョを強化させていたのである。

つまり、マリィのおかげで結界を楽々維持できていたのだ。

姉を追放したら、強化の魔法がきれ、結果弱体化を招いたという次第である。

「これは……絶対、そうね。あの馬鹿姉が、あたしに呪いをかけたに違いないわ！」

ということで、グリージョは先日、ルグニスにおねだりして呪術師を呼んできてもらったのだ。

弱体化は、きっと姉が魔道具などで呪いをかけた影響であると、信じて疑わなかったのである。

徹夜明けで、辛いなか、グリージョはルグニスに謁見する。

「だ、大丈夫か……グリージョ」

「え、ええ……問題ありませんわ王太子殿下。それより……呪術師は……？」

「ああ、もう来賓室に呼んである。行こうか」

「はいっ」

グリージョは笑っていた。

それは作り笑いでは決してない。

グリージョはルグニス王太子のことが好きだったのだ。

姉を追い出したのだって、ルグニスが欲しかったからという理由が割と大きい。

あんな出来損ないの姉には、もったいない人材だ。

「最近疲れているようだが、大丈夫か、グリージョ？」

ルグニスは気遣うように言う。

優しくて素敵なカレシができた。

姉になんて渡すものか……。

「ええ、問題ございませんわ」

「だが、部下によると寝てないと」

「それは……姉のせいですわ！」

弱体化の原因を、すべて、姉に押しつけることにした。

自分の技量が下がって、寝ていたら結界を維持できない……なんて死んでも言えなかった。

「まったく、あの女め、僕の大事な人に呪いをかけるなど！　捕まえて死刑にしなければな！」

「ああん……♡　殿下ぁ……♡」

……とグリージョが有頂天でいられたのは、このときまでだった。

ルグニスが呼んだ呪術師が、グリージョの体を調べて一言。

「呪いなんて、どこにもかかっちゃいませんよ」

「「は……？」」

「弱体化したのは、単なる実力不足じゃあないですかね」

「「はぁ……⁉」」

「強化の術のあとがみられます。おそらくはそのお姉さんが、あんたを強化してくれてたんじゃあないかと」

「「はぁあああああああああああ⁉」」

☆

マリィの妹グリージョは、王子ルグニスが呼んだ呪術師による診察を受けた。

現在グリージョの法術使いとしてのレベルがかなり低下してる。

マリィが弱体化の呪いをかけたにちがいない、そう思ったのだが……。

「呪いがかかってないだと？　どういうことだ！」

来賓室にて、ソファに座るルグニスが、正面の呪術師に尋ねる。

呪術師ケイオス。

彼女はこの魔法の衰退した世界において、【呪術】という独自の法術を使う。（厳密には法術ではないが、神の奇跡はひとまとめになっている）

浅黒い肌に、仮面、そして体の周りには呪術に使う道具（呪具）がたくさんつけられている。

ケイオスはため息交じりに言う。

「あんたのフィアンセを調べさせてもらったが、どっこも異常が見当たらないね。呪いの類いは受けていないよ。これはおいらが保証する」

「あ、あり得ないわ……！　じゃあ……なんであたしはこんな、不調を抱えてるのよ……！」

姉の呪いによって弱体化した、そう考えるのが一番合理的だ。

合理的というか、グリージョにとって都合が良いというか。

ケイオスは肩をすくめて言う。

「そりゃ単純にあんたの実力不足だろ」

「な、な、なぁ……⁉　実力不足ぅ！」

「だろうよ、あんたの体の中にある、呪力……ああ、法力っていうんだけっか、それがあんまりにも少ない」

法術を使う力、法力。

体内に保有されてるそれが少ないという。

そんな、あり得ないことだ。

「あたしはすごいの！」

「いーや、すごくない。すごかったのは、あんたの姉さんだね」

「あね……？　あの出来損ないが、どうすごいっていうのよ！」

グリージョもルグニスも、完全にマリィを見下していた。

だから彼女が凄いなんてことは、あり得ないと思ってる。

「あんたを強化してくれてたんだよ」

「強化だって……？」

「ああ。おいらは特別な目をもっててね、呪いの痕跡を見ることができるんだよ」

じっ、とケイオスはグリージョの体を見やる。

「あんたの体には、能力を強化する呪いの痕跡が残っている。この思念の強さから、たぶん一番身近なやつの呪いだろう。ゆえに、あんたの姉が強化してたってわかったってわけ」

「…………」

今こいつは、なんといった？

姉が自分を強化していた？

ばかな。

あり得ない。

だって姉は出来損ないなのだ……。

「いやそれにしても強力なまじないだ。人間離れしてるよ。今でこそ呪いが薄れてるけど、彼女がそばにいたころは、それはもうとんでもない力を発揮してたろうね」

ケイオスが大絶賛していた。

魔法の衰退した世界における、呪術師の地位は高い。

神の奇跡にならび、呪いもまた常人ではかけられないものだ。

呪いを解除する呪術師は、聖女についで重宝されている。

そんな呪術師の中でも、特に力のあるケイオスが推してるのだ。

姉の才能を。

「そんな……マリィが……」

ルグニスが、ケイオスの言葉を信じかけていた。

すなわち、姉が凄くて、妹が凄くないと……。

……それは、まずい！

グリージョは我に返って声を張り上げる。

「嘘です殿下！　こいつは嘘を言ってるのです！」

ずびしっ、とグリージョはケイオスを指さす。

彼女はあきれたようにため息をつく。

「いや、嘘じゃあないんだが……」

「嘘よ！　だってあんな能なしのクズを絶賛するなんて……さてはあんた、マリィとグルなのね！」

「はぁ〜？　ぐるだぁ？　何馬鹿なこと言ってんだあんた」

ケイオスがマリィと繋がっていないと、ここまで絶賛する意味がわからない。

きっとそうだ、姉の仕込みに違いない……！

グリージョはどこまでも、姉の実力を信じないようだ。

それはそうだ、実際にマリィの凄いところを、グリージョが目撃したわけではないのだから。

「ルグニス様！　こんなやつの言葉に惑わされてはいけません！　ただちにこいつも追い出すべきです！」

グリージョに詰め寄られて、ルグニスは一瞬、戸惑う。

ケイオスの言葉を信じかけていた彼は……。

「ケイオス様！　マリィとあたし、どっちを愛してるのですか⁉」

グリージョが涙ながらに訴えることで、ルグニスは決める。

「そうだな……愛してるのは君だ、グリージョ。おい衛兵！　その呪術師を追い出せ！」

衛兵たちがうなずく。

ケイオスはあきれたようにため息をつくと、自ら立ち上がって言う。

「忠告しておくよ。まもなくこの国に大いなる災いが訪れる。それを祓うためには、あんたの姉が必要となる」

「はんっ！　この期に及んで世迷い言を！」

ケイオスは、あきれたような顔で言う。

「じゃあな、愚かなる王子と、愚劣な聖女」

そういって出て行くのだった。

☆

さて、故郷がばたついているとはつゆ知らず、マリィはというと……。

「ふぅ……涼しいわ……」

マリィは禁書庫のある湖にて、水着姿となっていた。

浮き輪にお尻を入れて、ぷかぷかと浮いている。

「魔女さま～」

ばしゃばしゃ、とカイトがバタ足しながらマリィのもとへやってくる。

その手にはビート板が握られていた。

「魔女さま！　トロピカルドリンクが完成しましたよ！　とりにきてください！」

「でかしたわ！」

マリィがぱちんっと指を鳴らす。

すると、湖の畔においてあった飲み物が、ぷかぷかと浮遊すると、マリィのもとへやってきたのだ。

彼女はトロピカルドリンクを片手に、ずぞぞぞ……とすする。

「！　おいしいわ。しゅわ……っとしたのどごし……！　まるでビールみたいだけど、アルコールじゃあない！　これはいったい⁉」

「炭酸水です！」

「炭酸……？」

「はい！　気体をジュースに溶かすことで、しゅわしゅわとしたのどごしを実現しました！」

ふぅ……とマリィが悩ましげに息をつく。

カイトは次から次へと、おいしいものをつくる……。

やはりこの獣人を手元に置いて正解だった……。

『おいおいおいおいおい魔女さんよぉ』

同じく水着姿のリアラ皇女が、黒猫のオセを抱きかかえて、マリィのもとへやってきていた。

オセはあきれ、そしてリアラは困惑していた。

『なにのんきに湖水浴なんてしてるんだよ？　嫉妬の魔女マーサを倒しにいくんじゃあなかったのか？』

現在、この蓬莱山を支配しているのは、マリィと同じく魔女のひとり、嫉妬の魔女マーサ。

どうやら嫉妬の魔女の作ったモンスターが、蓬莱山を出て、それが帝国や周辺国家に迷惑をかけてるそうだ。

「捕らわれてる帝国兵の安否も気になるぞ……。魔女殿」

リアラ皇女はそもそも、この蓬莱山にいって、帰ってこない部下たちの身を案じて、こうしてここへはせ参じたのだ。

のんきに遊んでいる暇などない……。

「馬鹿ね、あなたたち」

マリィはジュースを片手につぶやく。

「急いだって意味ないでしょ」

「っ！」

リアラは、ハッとさせられる。

「……そう、だな」

リアラは魔女の言葉を、こう考えた。

先ほど恐ろしい化け物（ロウリィ）と戦い力を消耗している。

こんな状態で急いで戦いに赴いても負けるだけだ。

ならば今はきちんと休息を取り、準備をしてから、向かうべきだと。

「ワタシが間違っていた。すまない、魔女殿」

「？　そう」

マリィは興味なさそうにズゴゴゴ……とトロピカルドリンクをすする。

「ワタシも少し、泳いで頭を冷やしてくる。ありがとう、魔女殿。おかげで冷静になれた」

「？　……そう」

オセをカイトの頭の上にのっけて、リアラは泳ぐ。

マリィはふう……とため息をつきながらドリンクをすする。

「さすがですね、魔女さま！」

「？　なに藪から棒に……？」

「急いては事をし損じる……そういうことですね⁉」

「？　？　？？？　まあそうね」

「やはり！　魔女さまは、すごーい！」

カイトはオセをマリィの浮き輪の上にのっける。

「ぼく、おいしいご飯を作ってきますね！」

「！　おねがい！」

ばしゃばしゃとカイトが泳いで陸地へ向かう。

マリィは上機嫌にドリンクを飲む。

……さて、そんな姿を見ていたオセが、マリィに尋ねる。

『魔女さまよ、信者ふたりがだいぶ勘違いしてるようだぜ』

「信者？　勘違い？　なんのこと」

『いやほら、あんたが急いでも仕方ないって言ったろ？　それをなんかアクロバティックに解釈してる気がしてならねえんだ』

マリィはため息交じりに言う。

「ちょっと疲れたし、ちょっと休憩したい。ただそれだけの発言よ」

『だろうな……』

マリィの発言に高尚さなんてまるでなかった。

単に疲れたから、休む。それだけ。

だがカイトたちからすれば、深い言葉に聞こえたのだろう。

『あんた、帝国の民が捕まってるし、外ではここを出て行ったモンスターたちが被害を出してるんだが？』

「？　だからなに、私に何か関係がおありで？」

『いいや……まったく……』

「でしょう？」

マリィはあくまでエゴイスト。

周りのことなんてどうでもいいのだ。

でもその周りは、マリィが人のことを思って行動する、聖人君子だと思ってしまっている。

悲劇、いや、喜劇だ。

「ちょっと休んだら出発するわよ。マーサが絡んでるからね」

『あんたとマーサって、どんな関係なんだよ』

「単なる同門よ」

『単なる、同門ねえ……』

どうにも魔女の発言は信用できない、オセだった。

「それでー……魔女さん」

「なぁに、ロウリィ」

マリィが湖のほとりに、椅子を置いて、寝そべって休んでいた。

白髪の美少女にて、禁書庫の番人、ロウリィが尋ねてくる。

「これからの方針を伺っておきたいんすけど……」

「マーサのところへ行く、ぶん殴る、以上」

「やり方がノーキンすぎる……」

「ご不満？　(にっこり)」

「いえいえ……　(がくがく)」

マリィの強大な魔法は、たとえ番人だろうと防ぐ術はない。

パワーバランスで言えば魔女のほうが上なのである。

「そういえば……マーサって今、蓬莱山のどこに居るの？」

「今頃……あ、なんでもねーっす。地図だしますね」

ロウリィがパチンッ、と指を鳴らす。

すると湖のほとりに、地面から無数の本棚が出現した。

「な、なんだ!?　急に本棚が出てきたぞ!?　一体今のは……？」

「禁書庫の本っすよ、皇女さん」

「禁書……そうえばここは書庫であったたな。どこにも見当たらぬから不思議だったのだが」

「本の管理は自分がやってるっす。自分が、本を存在ごと隠してるんすよ」

「なんと！　存在を隠すなんてすごい……」

まあ、とロウリィが額に汗をかきながら言う。

「本来、この湖もまた存在を力で隠してたんすけどね」

「む？　そうなのか。でもあっさり見付かったのだが……」

「それは魔女さんの看破の魔法がすげえからっすよ……」

この湖には不可侵の結界が張ってあったのだ。

それをマリィは易々と破ってきたのである。

「結界なんてあったの？」

しかしマリィは解除してるという意識はなかった。

「無意識に、結界やぶってたんすか……相変わらず規格外っすね……そんなの誰にもできねーっすよ……」

「できるわよ」

「あんたはね……！　例外なんすよ！」

マリィはあまり、レベルについて興味なかった。

彼女にとって魔法とは障害を越えるための道具（手段）でしかないのである。

「ほんと魔法使いって、すごい階梯《かいてい》とか気にするんすよ……」

「番人様、階梯ってなんでしょ？」

カイトがロウリィに尋ねる。

「階梯とは、魔法使いの格付けっす。使える魔法の種類、強さなどで、レベル分けされてるんす。最低が、第一階梯。最高が、第十階梯」

どうやら冒険者のように、魔法使いも格付けされてるようである。

「魔女さまは？」

「驚くことに……第十階梯っす……始祖の魔法使い、ヴリミル様と同じっす……レベチっすよ」

魔法使いがまだ存在したたいにしえの世界においても、マリィは規格外だったのだ。

衰退世界においてはいわずもがな。

「すごいです、魔女さま！　やっぱり凄い凄い！」

「どうも」

彼女にとって他人からの評価なんて、どうでもいいのである。

しかしカイトはその態度に、

「高い実力を持ちながら、それをひけらかすことなく、弱者を守るためだけに力を使う！　くぅうー！　魔女さまはすごい、かっこいいですー！」

なんとかかんとか、勘違いしちゃうのである。

リアラの従者キールは「こいつぁやべえ……」とあきれていた。

オセも同意するように何度もうなずいてる。

リアラ皇女はふと、気になったことをロウリィに尋ねる。

「魔女殿が第十階梯なら、嫉妬の魔女マーサはどのくらいの階梯なのだ？　同じくらいか？」

確かに、同じくヴリミルの弟子ならば、同格くらいの力はあるように思えた。

「第四すね」

「全然弱いじゃないか！」

「いや……第十階梯の魔女さんがイカレてるだけで、第四もあれば英雄になれるレベルなんす……」

「で、では第十階梯の魔女殿は……」

英雄をも凌駕《りようが》する、規格外の存在と言うことだ。

だというのに、マリィはのんきにトロピカルジュースをすすって、「うまぁい……♡」とかのんきにつぶやいている。

「なるほど……カイト殿の言うとおり、真の強者は力を誇示しないのだな。さすが魔女殿！」

「ですよねー！　魔女さまはすごいですよねー！」

すごいすごいと持ち上げる信者二名。

オセはため息交じりに尋ねる。

『んで、本題に戻るけど、マーサはどこにいるんだ？』

「蓬莱山中央にそびえ立つ、不死の山。ここにマーサはいるっす」

『不死の山ね……地図とかないのか？』

「あるっすよ」

くいっ、とロウリィが指を曲げる。

すると禁書庫の本棚から、一冊の本が飛んできて、マリィたちの前で滞空する。

カイトがそれを受け取る。

「そこに蓬莱山の地図が書いてあるっす。参考にしてほしいっす」

「わかったわ」

マリィがぐいっと伸びをし、パチンと指を鳴らす。

するとマリィは水着から洋服の姿へと戻る。

「ロウリィ。これを身に付けてなさい」

マリィは異空間から何かを取り出し、ロウリィに放り投げる。

「なんすかこれ?」

「通信用の魔道具よ」

一見するとイヤリングに見えるこれは、遠くのものと会話可能となる魔道具。

とてつもない高度な代物だった。

「やっぱ魔女さん、やべぇ……」

「何かあったら連絡しなさい。それと、聞きたいことがあったらこっちから連絡するから。用事が無いときに呼び出したら死刑」

「ひぃい!　わかったすよ!」

マリィはうなずいて、カイトたちを見やる。

「さ、出発するわよ」

「「おー!」」

☆

マリィが再出発した一方その頃。
蓬莱山の中央にある、不死の山。
その頂には一つの城があった。
だが見た目が通常の、レンガなどで作られる城とは、違っていた。
お菓子の城、とでもいえばいいのか。
城を構成するもの全てが、クッキーやクリームなどのお菓子で作られているのである。
お菓子で城なんて作れれば、自重に耐えきれなくなり崩れるはず。
だが彼女が特別な呪いをかけてるので、城は崩壊せずに建っていられていた。
さて、そんな城の玉座には一人の美しい女が座っていた。
年齢は十八くらい、つまりマリィと同じくらいだろう。
だがマリィと違い、幼子のような見た目をしてる。
背は低く、胸はぺったんこで、髪の毛はふわふわとした金髪。
彼女を魔女たらしめる象徴として、頭には三角帽子が乗せられていた。
『マーサさま！　嫉妬の魔女、マーサさま！』
てこてこ、とマーサの前に一枚の人の形をしたクッキーがやってくる。

人形ほどの大きさのクッキーは、意思を持ってるようで、マーサに向かってしゃべりかけてきてる。

マーサと呼ばれた魔女は……、玉座に座りながら棒付きキャンディをなめていた。

『マーサさま大変です！　蓬莱山に侵入者が……』

するとマーサは加えていたキャンディを引き抜いて、それをクッキー兵士に向ける。

そして、棒をくいっ、と自分の方に向けると……。

『うわぁあああああああああ！』

クッキー兵士は強い力で引き寄せられる。

マーサはクッキーを手に取ると、ぐっ、と力を込める。

「あんた、何様？　アタシが発言を許してないのにしゃべるとか、良い度胸ね？」

ぐっ……と少し力を込めるだけで、クッキー兵士の身体にひびが入る。

『ひぃぃぃ！　すみませんでした、マーサ様！』

「それと、嫉妬の魔女とかだっさいなまえで呼ばないでくれない？　それ、ヴリミルのババアが勝手に付けたあだ名だし、きらいなのよね、アタシ」

『すみませんでした、マーサ様！』

ぱっ、とマーサが手を離す。

クッキー兵士はマーサから距離を取って、地に頭をつける。

「いいわよ、しゃべって」

『は、はい……マーサ様、蓬莱山に侵入者です』

「知ってる。しかも魔法使いでしょ？」

蓬莱山全体にかけていたまじないが、解除された。

こんな芸当ができるのは魔法使いだけである。

「呪いを解くとか結構高位の魔法使いね……。で、そいつの正体はわかってるの？」

『は、はい……マリィとか呼ばれておりました』

「んなっ⁉　ま、マリィ……それで魔法使い……まさか、暴食の魔女ですって！」

『ぼ、暴食の魔女……？』

マーサが師匠から嫉妬の魔女と名を付けられたように、マリィにも名前があった。

暴食の魔女、ラブマリィ。

「あいつが……どうしてここに⁉　くそったれ！」

マーサの美しい顔が憤怒の色に染まる。

どうやらマーサとマリィの間には、少なからず因縁があるようだ。

「いやでも……マリィのやつは死んだって……まさか転生？　いやでも……とにかく今は情報が足りないわ。おいおまえ」

『は、はい！　なんでしょう！』

「マリィが本当に暴食の魔女なのか、確かめてきなさい。兵士は貸してあげる」

『は、はい……！　すぐに！』

クッキー兵士が出て行く。

マーサはいらだちげにキャンディをかみ砕いた。

「もしもマリィが転生してきたとしたら……ふっ、いいわよ。今度はあたしがぶっ殺してやるわ。どっちが上か、今度こそ決着つけてやるんだから！」

マーサはマリィにたいして、対抗意識をもやしていた。

だが残念なことに……マリィはそのことをまるで知らないのだった。

☆

マリィたちはマーサのいる不死の山へと出発する。

馬車に乗ってるマリィは、ふいに言った。

「お腹すいたわね」

『はえええええええええよ！』

隣に座っていた黒猫オセからの突っ込みが入る。

『どんだけだよ！　ついさっき飯食ったばっかりじゃあねえか！』

「トロピカルジュースじゃ腹は膨れないわ」

『それより前にも食ってるだろうがよぉ……ったく、どんだけ腹ぺこなんだこいつ……』

マリィは魔法を使う度魔力を消費する。

魔力の減少は体内の栄養素の低下、すなわち、空腹を感じるのだ。

魔法を使えば腹が減るということだ。

「カイト、馬車を止めて」

マリィは御者台に座るカイトにそう命じる。

ふわり、とマリィは荷台から降りる。

「魔女様、どうしたのですか？」

「匂いがするの……こっちね！」

マリィはホウキを異空間から取り出して、空を飛び、勝手にどこかへ行ってしまう。

取り残されたキールとリアラ皇女は不思議そうに首をかしげる。

「魔女殿はどこへ行かれたのでしょうか？」

「わからない……だが、匂いがする……はっ！　まさか、トラブルの臭いということか！」

まあそんなわけがないのだが。

しかしリアラはすっかりマリィ＝救国の英雄だと思ってる。

彼女からすれば、マリィの言動は全て、英雄的行動（人助けなど）に聞こえる。

……まあ実際のところは、ぜんぜん違うものなのだが。

マリィはどこへ行ったかというと……。

『魔女さまよ、どこいくんだよ』

いつの間にかホウキの上に乗っていたオセが尋ねる。

「おいしそうな果物の匂いがしたわ！」

『さいですか……ったく、嫉妬の魔女の支配から、みんなを助けるんじゃあなかったのかい？』

「そんなこと一言も言ってないわ」

単に周りがそう勘違いしてるだけなのだ。

マリィからすれば、マーサに会ってこのお菓子化の魔法を教えてもらう、プラス、蓬莱山のおいしい果物が食べればOKなのである。

彼女はどこまでもエゴイストであって、彼女は自分が人助けしてる意識なんて皆無。

彼女の旅はあくまでも、気ままなグルメ旅なのだ。

彼女の思うがまま、気の向くままに、旅をするのが目的であって、人を助けることなんてこれっぽっちも意識していないのである。

「あったわ！　あれね！」

『ありゃあ……桃かぁ？』

しばらく飛んでいくと辺り一面桃畑が広がっているではないか。

木にはみずみずしい桃がなっていた。

皮がパンパンに張っており、食欲をそそる。

「決めた、これぜーんぶ私の！」

『強欲すぎんだろあんた……しかし、これどう見ても栽培してるぜ？』

桃の木は等間隔に並べられていた。

また、剪定《せんてい》などもされていることから、人の手が加わってることがわかる。

「蓬莱山の持ち主は元々はロウリィよ。つまりこれはロウリィの桃。ロウリィは私の舎弟。よって桃は私の物」

『なんつートンデモ理論……』

マリィがウキウキるんるんと桃の木畑に近づこうとした瞬間……。

ぴかっ！

ドッゴォオオオオオオオオオオオオオオオオオオオオン！

『な、なんだぁ⁉　落雷⁉　これはまさか……魔法の罠か！』

突如としてマリィを襲った、すさまじい落雷。

その直撃を受けたマリィを見て、オセが焦り気味にいう。

『魔女さん！　だい』「びっくりしたわ」『じょうぶだよな、うん……あんた化け物だしな』

マリィの身体はおろか、服にすら焦げ一つなかった。

マリィはじっ、と桃の木畑を見て言う。

「結界が張られてるわね」

『結界……？』

「ええ。なるほど、害獣用トラップね。サルとかが桃をとらないように」

『そ、そんなのにこんな、大げさなトラップ張るかな……？』

もっと有刺鉄線でかこうなど、やりようがあるだろうに、とオセが首をかしげる。

オセが違和感を覚えてる一方、マリィは「しゃらくさいわね」といって、手を前に出す。

そして、ぐっ、と拳を握りしめる。

ばきぃぃん！　という音とともに、透明な何かが壊れた。

『な、何したんだよあんた……』

「結界を破壊したのよ」

『どうやって？』

「掴んで、握りつぶした」

あまりの予想外の行動に、オセが戸惑いの表情を浮かべる。

マリィはため息交じりに説明した。

「結界術もそうだけど、魔法には力の中心……核のようなものがあるのよ。それを壊せば魔法は消滅する」

『り、理屈はわかったけどよぉ……核なんて見えるもんなのかい？』

「見えないわね。だって見えちゃったら簡単に壊されちゃうでしょ？」

そのとおりだが、じゃあなんで見えるのかって言いたいオセである。

マリィには、常人が見えない何かが見えてるようだった。

「うぉお！　桃！　見てごらん、この桃！　ぱんっぱんに皮張ってるじゃあないの！」

マリィは近くの桃を手に取って、しゃく……と一口かむ。

口の中にじゅわ……と大量の果汁があふれ出す。

しかも桃はとてもよく冷えており、冷たい高級桃ジュースを飲んでいるような感覚になる。

「うまいわ！　これ……カイトに桃のお菓子を作らせたら、さらにおいしくいただけるかも！」

『いやその前に窃盗なんだが、普通に……』

と、そのときである。

『あ、あのぉう……』

『ああほらここの畑の人がきた……人？』

オセは目を丸くする。

そこに居たのは、人形型のクッキーだったからだ。

身長は人間の子供くらいだろうか。

よく焼けたクッキーに、チョコレートで目と口がかかれており、人間のような見た目をしてる。

『なんだこりゃ、使い魔かなんかか？』

『い、いえ……我らはこの農園で働く、奴隷です』

『奴隷ぃ？　どういうこった……？』

ぞろぞろ、と同じようなクッキーの人形たちが集まってくる。

どうやら木のかげに隠れていたらしい。

クッキーたちは一斉に、マリィに頭を下げる。

『ありがとうございます！　我らを解放してくださって……！』

……どうやらクッキー人形たちには、何か事情がありそうだった。

しかしマリィは彼らのお礼を聞いても、いつも通り答えるだけ。

「勘違いしないでちょうだい、別に……あなたたちのためにやってないから」

☆

桃園でおいしそうな物があったので、取った（窃盗）。

するとわらわらと、クッキー人形たちがマリィたちの元へ集まってきた。

『魔女さまよぉ、こいつぁ一体どうなってんだ……？』

「呪いでもかかってるんじゃあないかしら」

『呪い……？　あ！　嫉妬の魔女のか！』

黒猫のオセが思い出す。

ここへ来る途中、チョコに変質させられた人面樹《トレント》を見た。

『魔女さまのおっしゃるとおりです……我らは嫉妬の魔女によって、このような姿に変えられてしまったのです』

クッキー人形たちが語ったところに寄ると……。

彼らは元々他国の冒険者だったそうだ。

依頼を受けて蓬莱山に調査に来たところ、嫉妬の魔女に敗北。

こうしてクッキーの人形にさせられたそうだ。

「ふーん……」

『一ミリも興味なさそうだなあんた……』

「そうね。桃がおいしいわ」

『会話ぇ……』

魔女にとっての関心事は、すべて食べることに集約してる。

クッキー兵士たちの身の上なんてどうでもよかった。

一方事情を聞いてしまい、同情してしまったオセは、人形たちに尋ねる。

『あんたらどこから来た冒険者なんだ？』

『ゲータ・ニィガだ』

『たしか魔女さまがいたところだな……しかし解せんな。蓬萊山って帝国の領土にあるんじゃあなかったか？』

確かにマデューカス帝国とゲータ・ニィガ王国は隣り合ってはいるが、それでも蓬萊山からの距離は離れている。

「蓬萊山って、移動するのよ」

『移動……？』

「ええ、次元の狭間を移動できるのよ。パイプの中を水が通るようにね」

『パイプは次元の狭間、水は蓬萊山ってことか』

マリィが桃を食べ終えると、うっとりとした表情で言う。

「このみずみずしさは一級品ね。カイトにデザート作ってもらわなきゃ……♡　ああ何がいいかしら。まあ考えずともあの子に全部任せれば、確実においしい物が食べられるからいっか♡」

とまあマリィは人形どもなんてほっといて、カイトにどんなデザートを作ってもらおうかと考えるばかりだ。

人形たちがマリィの前でひざまづいて、頭を下げる。

『厚かましいお願いだとは重々承知しておりますが、魔女さま。どうか！　我らをお助けくださいませ……！』

オセは人形たちを不憫に思った。

その境遇もそうだが……。

頼る相手が、魔女《エゴイスト》であるという点だ。

マリィは頼まれても人助けなんて面倒なことをするタイプではない。

案の定、彼女は不愉快そうに顔をゆがめる。

ひぃ……！　と人形たちが震える。

そんな姿が見てられなくて、オセが言う。

『魔女さまよぉ、ちったぁ人助けしてやっても……』

「頭が高いわ」

『は？』

「ひれ伏せ」

『あんたなに……おお!?』

マリィの周囲には水の玉がいくつも浮かんでいた。

彼女は両手をぱっ、と広げていう。

「【水竜大瀑布《タイダル・ウェーブ》】」

その瞬間、水の玉から大量の水流が吹き出した。

それはまるで巨大な水の竜だ。

水竜たちは桃園の中を駆け抜ける。

『どわぁあああああああああ！』

オセやクッキー人形たちも水に流されていくなか、マリィはひとりホウキに乗って水流を避けていた。

ややあって。

『なにしやがんだよてめぇ……！』

びしょ濡れのオセがマリィに近づいて抗議の声を上げる。

「濡れるわ。近づかないでちょうだい」

『うっさいわ！　誰のせいだ誰の！　つーかいきなり何しやがんだよ！』

す……とマリィが桃園を指さす。

そこには……。

『なっ⁉　と、人面樹《トレント》⁉』

無数の人面樹《トレント》たちが息絶えていた。

『まさか……こいつら！　木に擬態して監視してやがったのか！　クッキー人形どもがちゃんと働くように！』

オセの言うとおりだった。

桃園はまず脱走防止用の結界が張られていた。

そして、中で働くものたちがサボらないようにと、人面樹《トレント》が常に目を光らせていたのである。

ぽんっ！　ぽんっ！　と音がすると……そこには、クッキー人形から人間の姿になった冒険者たちがいた。

「も、戻った……！」「おれたち、人間に戻ったぞぉ！」

わあ……！　と冒険者たちが歓声を上げる。

『どうやらこいつらにかけてる魔法の管理も、マーサから任せてたんだな……』

冒険者たちはマリィに頭を下げる。

「「「ありがとうございます、魔女さま……！」」」

彼らを解放してくれた魔女に、心からの感謝と敬意をささげる彼ら。

だが……オセは知ってる。

この女が、頼まれて人を助けるような英雄ではないことを。

ふと、オセは気づいた。

桃園の端っこに、大量の桃が積み重なっていることを。

『あんたまさか……木になってる桃を回収するために……？』

「？」

『あ、うん。そのきょとん顔でわかった、もういいや……』

つまりまあ、いつも通りなのだ。

マリィはただ桃を回収したかっただけ。

人面樹《トレント》を倒したのも、結界を破ったのも、全部自分のため。

そう、彼女は魔女《エゴイスト》。

己のためにしか動かない女なのだ。

しかし……。

「「「あの化け物を倒して、我らを助け出してくださった！　魔女さまはすごいです！」」」

と事情を知らない人たちからすれば、こうなってしまうのである。

『なんつー……馬鹿馬鹿しい話だよ』

その言葉、至極まっとうであった。

☆

マリィが、捕らわれ奴隷として強制労働させられていた、冒険者たちを解放した（結果的に）。

そこへ、カイトたちが遅ればせながら現れる。

マリィの英雄譚を聞いたカイト、そしてリアラ皇女は滝のような涙を流す……。

「魔女様はすごいです！　弱者の声なき声を機敏にキャッチし、果敢に助けにいかれるなんて！」

『食べ物の匂いに釣られただけだぞ……』

「魔女様はさすがだ！　危険を顧みず、そして見返りを求めず、悪から無辜《むこ》の民を救うなんて！」

『桃を窃盗してるけどな……』

カイトとリアラ皇女が大いに感服してる間も、マリィは桃を一人占めにしていた。

オセはその光景を見て、もはやツッコミを入れるのすら疲れていた。

『んで、魔女様よ。このクッキーどもどうすんだよ？』

「じ～……」

マリィのスーパーコンピューター（脳）は、彼らの処遇について考えていた。

クッキー→おいしそう→食べるか。

「食べるか……」

『やめとけや！　相手は人間だぞ⁉』

「冗談よ」

『冗談に聞こえないし、その目は冗談に見えないんだよ……』

生きてるクッキー、どんな味かしらという顔をしていた。

というか、顔にそう書いてあった。

『食い意地張りすぎだろ……おい小僧。桃を使ったおいしいおやつ作ってやれ』

オセがカイトにそういう。

でないと人間クッキーをばりばり食べかねなかった。

「わっかりました！　魔女様、桃をわけていただけますか？」

「ふ……仕方ないわね、特別よ？」

「ありがとうございます！」

『窃盗品をよくもまあ堂々と自分の物扱いしやがる……』

カイトはキールとともに、たくさんの桃を持って、いったん帝国へと戻る。

マリィはレジャーシートをしいて、わくわくしながら、カイトがおやつを作ってくるのを待つことにした。

オセはため息をついて、冒険者たちに尋ねる。

『あんたらマーサに捕まってたんだろ？　他にもあんたらみたいなのって居たか？』

オセは情報収集することにしたようだ。

この一行誰も、敵に対する興味がなさすぎるので、仕方なくオセがやるのである。

『ああ。冒険者だけじゃなくて、たしか……帝国の軍人さんたちも捕まってたな』

「！　ほ、本当か⁉」

リアラ皇女が正座して、クッキー人形に視線を合わせていう。

『ああ。おれらとは別のお菓子農園で強制労働させられてるみたいだったな。看守どもがそう言ってたよ』

「！　じゃあ……生きてる……のか？」

『たぶん。マーサはおれらを奴隷として捕まえて、働かせてたし。殺しはしないんじゃあないかな』

労働力として、ここに来た奴らを捕まえて使っていたらしい。

じわ……とリアラ皇女の目に涙がたまる。

「そうか……皆無事か……よかった……」

リアラ皇女はずっと辛かったのだ。

自分の可愛い、大事な部下たちが、蓬莱山にいったきり戻ってこなかった。

もう死んでしまったのかも知れない……と思っていた。

だから、生きていて嬉しかったのだ。

『よかったな、皇女さんよ』

「うむ！」

クッキー人形たちが目を丸くする（比喩表現）。

『あ、あんた……もしかして皇女さまか？』

「ああ。ワタシはリアラ＝ディ＝マデューカス」

『帝国の美姫じゃあないか！　どうしてここに……？』

どうやらリアラの評判は他国にその名前が響き渡るほどらしい。

確かに美しいし、仲間を思う気持ちもあり、そして強い。人気があるのもうなずけた。

「魔女殿とともに、この蓬莱山に住まうわるい魔女を討伐に来た！」

『『『おおおおおお！』』』

『いやいやいや……』

どうやらリアラ皇女のなかで、英雄《マリィ》が悪を討伐するストーリーが展開されてるようだ。

もちろんそんな事実はない。

マリィはあくまで、蓬莱山でおいしいものを食べに来ただけなのだが……。

「みな、安心してくれ。魔女殿が必ず、マーサを討伐し！　みなを元の姿に戻してくれる！」

『『魔女様！　ありがとうございますぅうう！』』

当の本人は三角座りし「まだかな～♡　カイトのおやつぅ～♡」と、彼らの話なんて全然聞いちゃいなかった。

『魔女様よ、なーんか大仰なことになってやがるぜ？』

「おやつ？」

『お、しかあってねえ！！！！』

どんだけ食い意地が張ってるのだろうか……とオセは内心でため息をつく。

「クッキーたちよ、他にも同じような農園はたくさんあるのだな？」

『ああ。近くに確かリンゴ農園とバナナ農園が……』

きらん、とマリィの目が輝く。

「そこへ連れてきなさい」

『『魔女さま⁉』』

「今すぐ解放しにいくわよ」

『『魔女さまぁあああああ！』』

ここだけ見れば、他にも虐げられてる奴隷達を、解放する使命に燃える、英雄の姿に見えなくもない……。

だが……。

「リンゴにバナナですって……直ぐにゲットしなきゃ！」

『おやつのために？』

「あったりまえでしょ！　他に何があるって言うの⁉」

『ああそうでしたね……あんたはそういうやつですよね……』

マリィの目は燃えている。

それを周りの連中は、人助けしなきゃという使命感に燃えてると勘違いしているのだ。

人間とはやはり、自分の信じたいものしか見えないのだなと、悪魔《オセ》は思うのだった。

☆

桃園以外にも、奴隷達が強制労働させられてる農場があると知った。

マリィはクッキー人形たちに教えてもらって、次なる農場へと向かう。

『ここです！　ここにも別の人間たちが捕らわれてます……！』

「よしきた！　食らえ！」

マリィは農場を守る結界をぶち破る。

中に入って声を張り上げる。

「命が惜しくばリンゴをよこしなさい！」

『言動が完全に強盗……』

オセがあきれる一方で、農場にいた監視の人面樹《トレント》たちが、次々と姿を現す。

『なんだ貴様は……！』

「見ての通りよ」

『不法侵入者か！』

「ちがうわ」『正解だろ……』

マリィはフッ、と笑って指を突き立てる。

「おとなしくこの場を明け渡しなさい。命だけは助けてあげる」

『何をごちゃごちゃと……！　野郎ども、であえであえ！』

わらわらと農場のなかにいた人面樹《トレント》たちが、マリィのもとへと集結する。

だがマリィはパチンッ、と指を鳴らす。

ガキィイイイイイイイイイイイイイン！

『なっ⁉　人面樹《トレント》どもが一瞬で凍りついた⁉　今のは極大魔法……絶対零度棺《セルシウス・コフィン》か？』

「いえ、ただの【氷結《フリーズ》】よ」

『初級魔法で、五十はいる人面樹《トレント》を一瞬で凍らせるなんて……すげえ……』

マリィが人面樹《トレント》たちを無力化した。
その姿を、影でこっそりと、捕らわれし奴隷（クッキー人形）たちが見ていた。
『あ、あんたは一体……？』
『おまえら大丈夫か⁉』
『！　桃園の……？』
どうやらりんご園の奴隷と、桃園の奴隷は顔見知りのようだ。
『何がどうなってるんだ？　あのお方は……？』
『救世主さま！　我らをお救いになられた！』
『おお！　助けがきたのか！　ありがてぇ……おありがてぇえ……！』
涙を流す奴隷達。
その姿を見てオセがため息をつく。
『リンゴ奪いに来ただけって知ったら泣くだろうな……』
「あなたたち、ここで働く奴隷達？」
マリィは捕らわれていたクッキーたちを見やる。
クッキーたちがこくこくとうなずいた。
「今日からここは私の島だから」
『『『はい！』』』
「さしあたっては、リンゴを回収してきなさい」

そのときだった。
『侵入者とは貴様かぁ……！』
農園の地面がもりあがると、そこから巨大な何かが出現した。
『でけえモグラだな』
『ぶぎぎぎ！　我こそはマーサ様の使い魔が一匹！　土の……』
「うざい」
マリィは右手を前に突き出す。
その瞬間、謎の力がデカいモグラの腹を強く打つ。
『ぶべえらぁああああああああああああああああああああ！』
巨大モグラは明後日の方向へと吹っ飛んでいく。
何が起きたのか、その場にいた全員がわかっていない様子だ。
『ま、魔女様よぉ……何したんだおまえ？』
「風槌《ウィンド・ハンマー》でぶっ飛ばしただけよ」
『ああ、魔法を使ってたのか……しかし倒さないんだな』
「ええ、食べれないもの」
『相変わらず魔物を食える食えないでしか分けないなあんた……』
マリィにとって戦闘とはすなわち、おいしいご飯を食べるための素材集めなのだ。
しかしモグラなんて食べられるわけがない。

よってマリィは討伐せず、ぶっ飛ばしたのだ。

『しかし今の、マーサの使い魔とか言ってたな。しかも今の口ぶりだと、他にも使い魔がいそうだったぜ？』

「さ、あなたたち何ぼさっとしてるの？　リンゴ集めてきなさい」

『うぉいい！　聞けよ！』

奴隷達は喜んで、リンゴを集めていく。

マリィはその姿を見てご満悦だ。

「これでまた、おいしいフルーツゲットよ……」

『おいおい大丈夫なのか、さっきのやつ、ちゃんと倒しとかなくて。情報が向こうにもれちまうんじゃあないか？』

「？　だから？　漏れたところで、返り討ちにすればいいだけのこと」

あまりの強者然とした振る舞いに、オセはあきれてしまう。

一方奴隷達はマリィのその強い姿を見て、そこに希望を見いだす。

『魔女様ならばおれたちを救ってくれる！』

『ありがとう、魔女さまー!!』

だが別にマリィは奴隷となっている人たちを救う気なんてさらさらなかった。

「勘違いしないでちょうだい。別にあなたたちを救う気なんてさらさらないわ」

『『なるほど、ツンデレですね！』』

『なんか馬鹿ばっかりで頭痛くなってきた……』

☆

マリィは農園を潰して回り、蓬莱山の果実を集めまくった。

集めたそれらをその都度、カイトのもとへと送る。

ややあって。

「魔女様！　完成しました！」

「でかしたわカイト！」

カイトが空間の穴を通り、マリィのもとへとやってきた。

そこは最初に襲撃をかけた桃園。

カイトの手には、巨大なフルーツタルトがあった。

「おっきぃけ～～～～～～～～～きっ！」

テンション爆上がりのマリィ。

その目は夜の星空よりも美しく、真昼の太陽よりもさんさんと輝いていた。

「良い仕事っぷりよカイトぉ！」

もうこの興奮具合である。

食べずともわかる、絶対にうまい……！

レジャーシートを広げ、そこに座るマリィ。

カイトはケーキを切り分けようとしたのだが……。

「いい！　私が自分で切るわ！　ぜぇんぶ私のものよ！」

『強欲すぎんだろこいつ……』

隣にちょこんと座る黒猫のオセ。

マリィは風の魔法で作った刃を、スッ……とケーキに入刀。

綺麗に切り分けた巨大フルーツタルト。

マリィはフォークでぷすっ、とそれを刺して、口に運ぶ。

「ん～～～～～～～～～！　まいっ！」

口の中に広がるのは、たくさんの果物たちが織りなす、種類の違った甘み、そして酸味。

「クリームの甘みと、たくさんの果実の酸味などが合わさって！　最高においしいわ！」

「ありがとうございます！」

もっもっもっ、とマリィは凄まじい勢いでタルトを食べていく。

「この……しっとりとしたタルト生地もまたいいわ。果実がなくてもこれだけでいけちゃうっ」

マリィは恍惚《こうこつ》とした笑みを浮かべながら、爆速でケーキを食べていた。

その間に……カイトは別のものを用意する。

「むぐむぐ……それはなぁに？」

「フルーツサンドです！」

「！　馬鹿な……まださらなる別のおいしいを、用意していただとっ！」

カイトが取り出したのは、たくさんのバスケット。

蓋を開けると、ぎっしりフルーツサンドが詰まっていた。

「え、ええっと……これは、魔女さま以外の人たちの分で……」

この優しい少年は、マリィのおやつを用意する一方、リアラ皇女たちもお腹すかせてるだろうと思い、フルーツサンドも用意していたのだ。

「なにぃい～？　私にだす以外のご飯を、作ってたですってぇ……！」

ごごご、とマリィの体から魔力が吹き出す。

どうやらマリィもフルーツサンドを食べたいようだ。

自分の分がないことに、憤りを感じてるのだろう。

『あんま食い意地はんなよ……そんなうまそうなタルト、自分だけ作ってもらっといて……』

「それはそれ、これはこれ、でしょう！　カイト……！」

するとカイトは笑顔で言う。

「魔女さまの分も、あります！」

「ん、じゃあいいわ」

オセは小さくため息をつく。

子供かこいつは……と。

「クッキー人形さんたちの分もありますよ！」

『おお、ありがてぇえ！』

拉致され、農園で働かされていたクッキー人形の奴隷達が涙を流す。

『なんて優しいんだ……』『こんなちっこいのに人間ができてててすげぇ……』

てれっ、とカイトが頭をかく。

『あんがとな、坊主。でも……おれらはこの体じゃ、食べたくても食べれないんだ。気持ちだけもらっとくわ』

「そう……ですか。せっかく一杯作ったんですけどね……」

マリィがタルトを全て食べ終える。

ちょっと自分のお腹をさすったあと……。

ぱちんっ、とマリィが指を鳴らす。

頭上に魔法陣が展開し、そこから接骨木《ニワトコ》の神杖《つえ》が出現した。

『なにすんだよ、魔女様？　接骨木《ニワトコ》の神杖《つえ》なんて取り出して』

「別に。そこのクッキー人形のあなた、ちょっとこっちおいで」

リーダー格らしき人形が、とことこと近づいてくる。

「悪いようにしないから、少し、あなたのクッキーの一部ちょうだい」

『ちょ、おま……！　食い意地はりすぎだろ！　相手は元人間だぜ！』

「真面目な話よ」

クッキー人形はためらいもせず、右腕を自分でおって、差し出した。

『あんたに命を助けてもらったんだ、腕の一本くらい、わけないさ』

「そう……ありがと」

マリィはツンツンッ、と杖でクッキーをつつく。

幾重もの魔法陣が展開する。

「解析完了。もう良いわよ」

マリィが杖を振るうと、折れたクッキーを修復魔法で元通りにする。

そして空中に魔法陣を、新たに描く。

『解呪《ディスペル》の魔法か？』

「少し手を加えた、オリジナルの解呪《ディスペル》よ」

マリィは魔法陣を即興で完成させる。そして、頭上に掲げた。

「大解呪《グレーター・ディスペル》」

するとクッキー人形たちの頭に、それぞれ、魔法陣が浮かび上がる。

魔法陣が頭の上から足下へと降りる……。

すると、クッキー人形たちの体が光り出した。

みるみるうちに、彼らの体が大きくなっていく。

「「うぉおおお！　元に戻ったぁああああああ⁉」」

マリィの魔法によって、クッキー人形だった彼らが、元の、人間の姿に戻ったのである。

彼ら驚き、そして……人間になれたことを、泣いて喜ぶ。

「奇跡だ！」「すげぇえ！」「人間に戻れたぞぉ！」「うぉおおおん！」

感涙にむせるクッキー人形たち。

そして全員が、マリィに頭を下げた。

「「「ありがとうございます、魔女様！」」」

マリィは一瞥すると、すっ、と杖でフルーツサンドを指す。

「勘違いしないで。私はただ、すっ、と杖でフルーツサンドを指す。捨てるのがもったいなかっただけ。さっさと食べなさいな」

マリィがそういうと、みんなポカンとした表情になる。

カイトは泣いて手を叩きながら言う。

「魔女様……ほんとうにおやさしいおかたです！　百パーセント善意で治したとなったら、みんなが気にしてしまうからと、無理くり理由をつけて、治してくださるなんて！」

とカイトがまたしてもインフルエンサー（駄目な方の）っぷりを発揮。

みなが勘違いし、大泣きしながら、マリィに頭を下げる。

……まあ、マリィの言ったことは百パーセント本心なのだが。

「ちょっと食べ過ぎて、お腹いっぱいになったからね」

みんなが涙を流しながら、カイトの作ったフルーツサンドをほおばる。

再び人間に戻れたことを、魔女に感謝しながら。

『残すのもったいないからみんな人間に戻したっていうがよぉ、異空間にでも保存しておけばよかったんじゃね？』

「……！」

マリィはくわっと目を見開いた。

その考えは……思いつかなかったようだった。

こういうところ、ちょっと抜けてる、魔女なのだった。

マリィはクッキー人形にされていた人間たちを、元の姿に戻した。

☆

カイトの作ったフルーツタルトに舌鼓をうち、一息ついた頃。

「魔女様！　お願いがあります！　どうか……おれたちもマーサ討伐部隊に、加えさせてください！」

インフルエンサー・カイトによって、正義の味方マリィ（誇張表現）が、カイトたち仲間を引き連れて、巨悪のマーサを討伐しに行く……。

という旅の目的が、この元奴隷達にしらされることとなった。

カイトの話を聞いた彼らは感動し、自分たちもついて行きたいと申し出てきたのだ。

「敵は恐ろしい嫉妬の魔女だというのに、倒しに行くその勇敢さ！　そして、呪いをかけられたおれたちを助けてくれるというその慈悲深さに感銘を受けました！　どうか……おれたちを配下に加えていただけないでしょうか！」

元奴隷達がマリィの前で跪いて、頭を下げる。

マリィは優雅に紅茶をすすったあと……。

「駄目」

「！　そんな……！　どうして……！」

元奴隷たちのリーダーがそう言うと、マリィはため息をつく。

「足手まといなのよ」

「！」

ぎゅっ、とリーダーが歯がみする。

足手まとい、確かにそうだ。

彼らは一度マーサに敗北している。

ついていっても、マリィの足を引っ張るだけになるのは明白だ。

「ということで、さっさと帰りなさい。転移門《ゲート》！」

マリィが空間を操作する魔法を発動させる。

目の前に黒い穴が出現する。

しかし……リーダーたちは帰ろうとしない。

イライラするマリィ。

そこへ……。

「皆さん！　聞いてください。これは……魔女さまの、優しさです！」

「「「優しさ……？」」」

マリィも「優しさって何よ」と首をかしげ、オセが『またいつものだろ』とあきれたようにため息をつく。

マリィもマリィだが、カイトもちょっと頭がアレなのである。

カイトは冒険者たちに言う。

「魔女さまは、あなたたちを邪魔と言ってるのではありません。あなたたちがマーサとの戦いで命を落としてしまうことを危惧してるのです。死んでしまったら、残された家族たちは……悲しんでしまう。そうでしょう！」

「「「！」」」

確かに彼らには帰りを待つ人たちがいる。

「つまり……魔女さまが冷たく邪魔って言ったのは、あえて……？」

「おれらのことを気遣って……？」

「わざと、あくやくに……？」

皆の視線がマリィに集まる。

マリィは何も言わなかった（どうでもいいから）。

だが冒険者たちは、マリィが無言で肯定してると解釈した。

ぶわ……と全員が涙を流す。

「魔女さま……！　あんた……本当にすごいひとだ！」

「なんて優しいお方なんだろう！」

「うぉおお！　魔女さまぁあああ……！」

マリィのイライラがピークに達しそうだった。

邪魔だからさっさと帰ってほしいというのは、マリィの本心なのである。

それを周りが（カイトのせいでもあるが）、勝手に好意的に解釈してるだけなのだ。

「わかりました、魔女さまの言うとおりします！　帰るぞ、やろうども！」

「「はい！」」

ぞろぞろと冒険者たちが帰って行く。

転移門《ゲート》の先は、帝国の城の中になっていた。

カイトを帝国にある厨房に送ったさいに、転移先の座標を固定していたのである。

「魔女さま、おれらはおれらの役目を果たすぜ！」

「？　あ、そう」

「ああ！　それじゃあ！」

ぞろぞろと元奴隷達は転移門《ゲート》をくぐって、帝国へと帰って行ったのだった。

その一部始終を見ていたリアラは、涙を流しながら手を叩いている。

「なんと立派なおかただろうか。さすが魔女殿だ！」

「魔女さまはすごい、今日もかっこいいです！」

ふぅ……とマリィがため息をつく。

オセとキールも馬鹿馬鹿しいやりとりを見て、あきれたようにため息をつくのだった。

三章

さてマリィが蓬莱山にいる一方その頃……。

蓬莱山の外は、大変な事態になっていた。

「ぎゃあ！」「なんだあのばけものは！」「くるなぁ！　くるなよぉおお！」

王国騎士たちの叫ぶ声があちこちから上がる。

蓬莱山が出現してるのは、ゲータ・ニィガ王国とマデューカス帝国のちょうど境目のあたり。

やや、王国よりの場所……。

そこには、通常のモンスターとは思えない、異形の化け物たちがうろついていた。

彼らはマーサが作り出したお菓子の魔物、その実験体。

マーサはマリィよりも階梯の低い魔法使いだ。

一発で魔法を成功させるほどの技量を持っていない。

彼女の魔法実験の過程で産まれた、出来損ないの化け物達が、蓬莱山を出て暴れ回っていた。

「くそ！　なんだこのドラゴンと雷狼《ライガー》を組み合わせたようなものは……！」

マーサが個人的に【合成獣《キメラ》】と呼んでいる化け物達は、通常のモンスターより遥かに強い力を持っていた。

ただでさえ魔法の衰退したこの世界において、合成獣は無類の強さを誇る。

さらに厄介なのは……。

「なんだこいつ⁉　腕から再生して、別の化け物が産まれたぞ⁉」

合成獣の厄介な点は、驚異的な再生能力を持ってるということ。

マーサの魔法が切れぬかぎり、無限に細胞を分裂させる。

つまり殺しても細胞があるかぎり、新しい合成獣が生み出されるということだ。

恐るべきマーサの魔法である。

「駄目だ！　撤退だ！　聖女グリージョ様の結界の張ってある、王都に避難するのだ……！」

マーサが作り出した合成獣に、太刀打ちできる人間はひとりも居ない。

そう判断し、王国民たちは王都へと避難していく。

……だが、そんなたくさんの国民を収容できるほど、王都のキャパは多くはない。

「入れてくれぇ！」「おねがいよぉお！」「たすけておくれよぉお！」

王都の前ではたくさんの避難民たちが集まっていた。

彼らは必死に王都に入れてくれと訴えている。

だが騎士団たちがそれをせき止めていた。

「下がれ！　おまえたちを入れるわけにはいかない！」

入れたいのはやまやまだが、王都だってそんなに広い都であるわけがない。

王、そして王都に住まう人たちは我が身かわいさから、避難民たちを受け入れようとしないのだ。

「ふざけるんな！」「自分たちだけ安全なところにいるからって！」「聖女様の結界がなきゃあたしら死んじまうよぉ！」

誰もが生きるために必死だった。

中に入れてほしい避難民たち、自分たちの身を守りたい王都民たち。

そんな風に醜くぶつかり合ってると……。

「ひ！　き、来たぁ……！」

合成獣の大群が押し寄せてくる。

避難民たちは絶望の表情を浮かべた。

押し寄せる合成獣の大群をまえに、もう……終わりだ……と死を覚悟したそのときだ。

「火炎連弾《バーニング・バレット》！」

ズドドドドドドドドドド……！

……炎の弾丸が、雨あられと降り注いだのである。

弾丸は合成獣たちの体を撃ち抜き、灰に変えていた。

「な、何が起きたんだ……？」「今のは一体……？」

すると、そこにひとりの女形っていた。

「王国民たちよ、聞け！　ワタシはマデューカス帝国が皇女！　リアラ＝ディ＝マデューカス！」

なんと、リアラ皇女とその従者キールが、鉄の馬に乗って現れたのだ。

帝国が所有する鉄の馬、魔法バイク。

かつて魔法が栄えていたときに作られた、凄まじい魔道具を帝国は所有していた。

リアラはそれに乗ってこの王国までやってきたのである。

「マリィ様より頼まれて、王国民を助太刀に来た……！」

マリィ……？　みなが首をかしげる。

だが助かったのは事実である。

「帝国は避難民を受け入れる用意ができてる！　これもすべて、魔女マリィさまがご指示したことだ！」

何が起きてるのかさっぱりわからない避難民たち。

だが彼らを助けてくれるということだけはわかった。

「死にたくなければついてこい！」

避難民たちがうなずき合う。

合成獣の第二波が、ちょうど押し寄せようとしていた。

「みな、構え……！」

リアラの周りには、元奴隷だった冒険者たちが立っている。

帝国軍人たちと協力し、敵をうとうとしていた。

彼らの手には魔法銃がにぎられている。

これは、マリィからもらい受けたものだった。

「構え……撃てぇ……！」

「「火炎連弾《バーニング・バレット》！」」

魔法銃からは通常、弾丸が発射されるものである。

しかしこれはマリィが改造した特別仕様。

魔法が付与された、特別な銃なのだ。

銃口から発射されるのは、マリィの魔法、火炎連弾《バーニング・バレット》。

それらは容易く合成獣たちの体を焼き、灰に変えていった。

「す、すげぇ……」「帝国ってこんな凄い技術もってたんだ……」「お、おれもう帝国に亡命しようかな……」

避難民たちはリアラの活躍を見て、希望の光を見いだす。

リアラは彼らに檄を飛ばす。

「魔女マリィさまからもらったこの力があれば、君たちを守るのは造作もない！　帝国は全てを受け入れる所存、みな、我が国に来るがいい！」

結局、一時間もしないうちに、帝国側は合成獣を殲滅。

避難民たちを引き連れて、彼らは撤退。

王国民たちは帝国のあまりの強さに、呆然とするほかなかったのだ。

☆

さて、王国の避難民たちは、帝国の軍人たちに護送されながら、マデューカス帝国へと向かっていた。

「あの……皇女様……」

「む？　どうしたのだ？」

避難民のひとりが、魔法バイクにのるリアラに尋ねてきた。

「どうして、皇女さまが王国にいたのですか？」

隣国の皇女が王国にいること事態おかしい。

また、モンスターが襲ってきたタイミングに、都合よく現れたことも、引っかかりを覚える。

「皇女様に無礼であるぞ！　命の恩人だというのに！」

「まあよい、キール。彼らの不安も尤《もっと》もだ。事情を知らぬものたちからすれば、我らの存在が妖しく思えるのだろう」

他の避難民たちは気まずそうに目線を反らす。

たぶん質問者以外のひとたちも、疑問に思っていたのだろう。

「すべては魔女マリィ様のおぼしめしだ」

「あのぉ……その、マリィ様というのは？」

「君たちもよく知ってると思う。マリィ＝フォン＝ゴルドー嬢である」

「！　ご、ゴルドー公爵の、ご令嬢様ですか……!?」

避難民たちがざわつく。

マリィは悪い意味で有名だった。

法術（治癒術のこと）を使えぬ欠陥品《けっかんひん》として、周りからも家族からも虐げられていたはず……。

「にわかには信じられません……マリィ……様が我らを助けてくれたなんて」

「ふむ……しかしワタシをここへ派遣したのはマリィ様だ。そして我らに力を授けたのも」

帝国軍人たちの手には、魔法銃が握られている。

魔法獣とは魔道具の一種で、魔力を流すと、特定の魔法を発動できるという代物。

しかし魔道具の作り手のレベルが低下した現代では、せいぜい下級魔法をインプットするのが関の山。

「上級魔法が付与された魔法銃を、マリィ様が授けてくださったのだ」

「！　それは……どうして？」

「決まっておられる。この銃を使い、王国の民たちを助けよ。そういうメッセージだとワタシは受け取った！」

その話を聞いていた避難民たちが涙を流す。

「マリィ様……お優しい……」

「追放されても、元いた国の国民たちの行く末を憂いて……」

「我らはマリィ様のことを見下していたというのに……」

王国民たちは己の行いを恥じた。

リアラはそれを見て微笑む。

「魔女殿は心の広いおかただ。きっと、あなたたちを許してくださるだろう。いや、もう許しているに違いない。許していないなら、我らに力を貸して、ここへ派遣することもなかったろうからな」

「「「おお……！」」」

リアラは胸を張って語っている。

それを聞いて王国民たちは感銘を受けているようだ。

……しかし、だ。

キールは真実を知ってる。

『よぉキール』

「！　オセ殿」

キールの右手には一つの指輪がはめられている。

にゅぅう……と表面が伸びると、手のひらサイズの子猫となった。

オセは影使いの悪魔だ。

これは彼が創った影の分身とでもいうべき存在。

強い力があるわけではないが、本体との通信が可能となる。

『下界のほうはどんな様子だ？』

「ロウリィ殿の言うとおりでした」

ロウリィとは禁書庫の番人のこと。

下界、つまり今リアラたちの居る世界に危機が迫っていると、ロウリィ伝手でマリィたちは聞いたのだ。

しかしマリィは下界に帰ろうとしなかった。

『あの食欲魔女さん、食べられる敵じゃあねえと戦う気ゼロだからよ。皇女様に面倒ごとを押しつけたんだよな』

そう……確かにマリィに命じられ、リアラたちは下界にきた。

しかしマリィは別に、世界を救うために行動したのではなかったのだ。

「まあ……しかし魔女殿に魔道具を貸してもらったのは事実ですからね」

『自分の命令で誰かが死なれたら寝覚めがわるいって理由と……あとは王国にはおいしい料理店がそこそこあったから、潰してほしくなかったんだろうよ』

……とまあ相変わらずのエゴイストであった。

リアラはマリィの行動を超好意的に解釈し、こうして周りに広めているのである。

『ま、こっちのことはおれらに任せな。そっちのことは頼むぜ』

「はい。ご武運を」

『悪魔に武運を祈られてもな……』

そう言って黒猫は消える。

キールはお人好しの悪魔に感謝した。

魔道具を預けるように提案したのは、他でもないオセなのである。

悪魔であるはずなのに、とてもお人好しだなぁと思うキールであった。

さてリアラ皇女によって、避難民たちは帝国へと誘導させられることになった、一方その頃。

王国では。

☆

「どうしよう……どうしよう……」

マリィの妹グリージョが、寝室に引きこもっていた。

彼女はカタカタ震えて、何度も窓のほうを見ている。

「結界が……展開できない……」

グリージョは大聖女として周りからチヤホヤされていた。

彼女には凄い法力（奇跡の術を使う力）がそなわっている。

彼女がこの王都を守る結界を創っていた。

その結界はどんな魔物も寄せ付けず、王都民たちの平穏を守っていた。

人々はグリージョを賞賛し、彼女はその声を聞いてさらに増長した。

自分は、凄い聖女なのだと。

……しかし姉がいなくなってから、歯車が狂いだした。

前まで普通に使えていた法術（奇跡の術）が、上手く使えないようになってきたのである。

結界の構築にかなり時間がかかるようになった。

しかも、一度創った結界を、長い時間維持できなくなった。

最初、姉に何か呪い的なものをかけられたのだろうと思った。

しかし婚約者のルグニスに有名な呪術師を呼んで、グリージョの体を調べてもらったが、呪いはかかっていなかったことが判明した。

それどころか、姉マリィがグリージョの力を増幅していた、とわかった。

もちろん、グリージョは呪術師の言葉を信じなかった。

しかし時間が経つにつれて、だんだんとその言葉に真実味が帯びてきた。

……マリィがかけてくれた強化魔法。

それは器用さと魔力量にプラス補正をかけるものだった。

しかしその強化魔法が、つい先日完全に切れた。

わずかにのこっていた強化の力で、なんとか結界を構築・維持していたグリージョだったが……。

「結界が……結界がでない……どうなってるの……？」

そう、先日からついに、結界が作れなくなったのである。

何度も試したが、今までのやり方で結界が作れないのである。

さもありなん。

今まで結界が使えていたのは、マリィがグリージョの器用さを、強化していたからだ。

グリージョには魔法の才能なんてこれっぽっちもない。

そんなカノジョが、マリィの補助もなく結界という難易度の高い魔法が、使えるわけがないのだ。

「くそ……くそ！　どうしよう……どうすればいいのよ……」

グリージョは、怯えていた。

結界術が使えなくなったと知られてしまうことを。

現在、王都を守る結界は完全に消えている。

こんな状態でモンスターの襲撃に遭ったらひとたまりもない。

そして……審判の時は来た。

ついさっき、大量のモンスターが王都に押し寄せてきたという情報が入ってきたのである。

だが……。

「グリージョ」

「っ！　ルグニス、殿下……」

ルグニス王太子の心配そうな声が、ドアの向こうから聞こえてきた。

とりあえず、怒ってなくてほっとする。

だが完全に安心できたわけではなかった。

「ど、どうしたのです？」

「いや、ずっと引きこもってると聞いて、心配して様子を見に来たのだ」

「そう……ですか……」

そんな風に大事にされることは、うれしい。

だが同時に恐い。

法術が使えないと彼に知られたら、捨てられてしまう。

そんなのは嫌だ……！

（あたしは、聖女になったの。あのグズ姉から婚約者の地位を奪い手に入れた、国母となるチャンス！　みすみす、逃してたまるものですか……！）

……グリージョは、結界が使えなくなることで、王都の、王国の人たちに迷惑かけることなんて、みじんも気にしていなかった。

彼女は自分の地位を失うこと、それのみに固執していた。

……姉もエゴイストなら、妹も同じく自己中心的だった。

似たもの姉妹、というのだろうか。

それはさておき。

（とりあえず外の様子を聞いてみましょう）

「ねえ、殿下。魔物はどうなったの？」

「ああ、我らが王国騎士団が追い払ったよ。君の結界の出番はなかった」

心底、ほっとするグリージョ。

だがこの均衡がいつ壊れるかわからない。

早いところ、この状況を打破する手を撃たないと。

（……認めましょう。あのグズが、あたしを強化してたってことは）

そうしないと自尊心を保てなかった。

……自分が無能であるということを認めることと、ほぼ同義なのだが。

（ようはあのクズ姉は、いにしえの時代に居た魔法使いたちでいうところの、杖。杖が手に入れば、またあたしも前みたいに、上手に法術が使えるようになる……！）

……まあ実際には、触媒というより、マリィそのものが魔法使いなのだが。

「ねえ、殿下。お願いがあるの……」

グリージョはルグニスを招き入れる。

わざと薄着となって、彼を誘惑する。

ルグニスはグリージョの裸体に頬を赤らめ、目をそらしながら尋ねる。

「な、なんだい？」

「姉を探しだしてきてくださらない？」

「マリィを？　あの罪人を連れ戻す必要がどこにある？」

「あたし、やっぱりあの姉が呪いをかけたのだと思うの。ずっと体調が悪くて……ごほっごほっごほっ！」

わざと空咳をしてみせると、ルグニスの顔が怒りで真っ赤に染まる。

「やはりそうか！　ちくしょう、妹が美しく有能だからって、呪いなんぞかけよって！　ゆるせん！」

あまりにあっさりと、ルグニスが思い通りに動いてくれて、内心でにやりと嗤う。

「わかったよ、グリージョ。マリィを探す。そしてここに連れてきて、呪いを解く。しかる後に、処刑してみせよう！」

（まあ処刑されると困る。その前に確保すれば良いか）

「ええ、お願いねえ」

☆

グリージョからマリィ捜索をうけた、元婚約者ルグニスだったが……。

部下からの報告を聞いて憤慨していた。

王城、ルグニスの執務室にて。

「なんだと⁉　貴様もう一度言ってみろ！」

報告に来た部下を、ルグニスが怒鳴り散らす。

思い通りにいかないからと、かんしゃくを起こす子供のようだ。

「で、ですから……マリィ様を探す余裕がないと言ったのです」

「ふざけるな！　余裕がないだと⁉」

「ふざけてません……殿下もご存じでしょう？　今王国は未曾有の危機を迎えております」

大量の魔物が、国中にあふれかえり、いま国はピンチを迎えている。

ルグニスもそのことについては知っていた。

「魔物の対処だけで手一杯です。騎士たちはみな見張りに、魔物との戦いにと、疲弊しきっております。そのうえで捜索なんてとても……」

「だったら寝ずに働け！　馬鹿どもの尻を蹴飛ばしてな！」

部下はルグニスのあまりの理不尽な振る舞いに、内心で腹を立てる。

騎士たちはみな国民を守るため、必死になって働いてる。

そんな彼らを馬鹿とよばれて、腹が立たない方がおかしい。

……だが自分は所詮、一介の騎士に過ぎない。

王太子に逆らうことなんてできないのだ。

「……なぜマリィ様にこだわるのですか？」

「グリージョが探してこいといったからだ。マリィが妹の美貌と力に嫉妬して、呪いをかけたのだ」

……馬鹿か、こいつ？

部下である騎士団長は、内心でそう思った。

王国一の呪術師が、言っていたではないか。

マリィは呪いなんてかけていないと。

なぜその言葉を信じず、グリージョの根拠薄弱な言葉を信じるのだろうか？

「グリージョが体調を崩したら大変だ。その前に呪いをとかねばならぬ。今はグリージョが踏ん張って結界を維持してるが、このままでは結界が破壊されて……」

そのときだった。

「で、伝令……！　お、王都に……大量のモンスターが流れ込んできました！」

騎士団長も、そして王太子も、唖然とした表情で伝令係を見やる。

……王都にモンスターが？

「ば、馬鹿を言うな！　王都にはグリージョの結界が張ってある！　魔物が入ってこれるはずがないのだ！」

マリィから弱体化の呪いを受けたとして、グリージョは今日の今日まで結界を維持してきたのだ。

グリージョの凄い結界が、壊れる訳がないのだ。

「し、しかし……現に魔物が……」

「くそ！　殿下、失礼します！　現場に向かわねば！」

しかし……。

「待て！　なおのこと、マリィ捜索に向かうのだ！」

「…………は？」

騎士団長は立ち止まると、信じられないものを見る目で、王太子を見やった。

「な、何をおっしゃってるのですか……？」

「結界が壊れたのだ。これはマリィの仕業だ！　すぐにマリィを見つけ出せ！　でないと大変なことになる！」

「っ！　もうなってるんですよ！　大変なことに！　結界は壊れたんです！」

「だからそれは、マリィの仕業だ！　あやつを見つけだして、呪いを解けば、結界は元通りになる！」

「その間国民は！　どうすればいいのですか!?」

「ほうっておけ！　多少の犠牲は必要経費だ！」

……ルグニスの発言に……。

騎士団長は、冷ややかな目線を向ける。

「……馬鹿王子が」

「なんだと!?　貴様、不敬だぞ！」

「うるさい黙れ！　おれたちは国民を守る！　あんたの命令は、聞かない！」

騎士団長は伝令係とともに部屋から出て行こうとする。

「ま、待て！　貴様、王命を無視するというのか！　不敬罪で捕まえるぞ！」

「大いに結構！　おれは、馬鹿な王子の戯《ざ》れ言《ごと》なんかより、己の心の声に従って行動する！」

騎士団長は今度こそ、ルグニスを置いて走り出す。

……ルグニスは散々馬鹿にされて腹を立てていた。

「くそ！　何が馬鹿だ！　馬鹿はどっちだ！　マリィを連れ戻せば、グリージョが全部解決してくれる！　どうしてそれがわからないのだ！」

☆

ルグニスが地団駄を踏んでいる一方、王都は大変な事態に陥っていた。

「きゃああ！」「いてぇえ！」「たすけてぇえええええ！」

王都内には、無数の蟲《むし》たちが入り込んでいた。

黒光りする、固そうな虫。

魔蟲と呼ばれる恐るべきモンスターたちだ。

蓬莱山に住んでいたのだが、マーサの魔物に住処を追われて、こうして下界へと降りてきたのだ。

魔蟲は人間を餌とする。

ちょうどいいことに、うまそうな人間たちがたくさん集まってる場所があった。

蟲たちは人間を食らおうと地上へと襲いかかる。

「みな！　城へ逃げるのだ……！」

騎士団長以下、騎士たちは果敢に、魔蟲に挑む。

だが……。

「だ、団長！　攻撃がまったく通じません！」

「敵の外殻によって、我らの攻撃がすべて弾かれてしまいます……！」

魔蟲を覆う外殻はオリハルコン並の硬度を誇っている。

騎士たちの使う鋼の剣では、外殻を切り裂いて、相手にダメージを与えることはできない。

魔法の付与された武器ならいけるかもしれないが、そんな高級なものを、騎士たち全員分に配給できるわけがない。

よって……。

「い、ぎゃぁああああああああ！」

「お、おい！　大丈夫か⁉」

騎士のひとりが、右腕を失う。

魔蟲に食われてしまったのだ。

ぎしぎし……と魔蟲が不気味な笑い声を上げながら、騎士の腕をむさぼる。

その姿に騎士たちは恐怖し、士気が低下してしまう。

「逃げるな！　立ち向かえ！」

そんな中で騎士団長は部下たちを鼓舞し、盾を使って魔蟲の侵攻をとめようとする。

「我らが逃げれば、王都の民たちが死ぬ！　我らが騎士の誇りにかけて、王とその民たちを守るのだ……！」

誰もが魔蟲の恐怖におびえるなか、騎士団長だけが勇敢に、敵と戦おうとしている。

その姿をみて、なんとか勇気を奮い立たせ、騎士たちは魔蟲へと立ち向かう。

……そんな中。

城では暴動が起きていた。

「聖女を出せ！」「聖女はどこにいるんだぁ！」「聖女ぉ！」

避難してきた王都の民たちが、城のなかで聖女グリージョを探していた。

「結界はどうなってんだよ！」「そうだ！　聖女の結界があれば、この国は安全なんじゃなかったのかよ！」

王都の民達の怒りは聖女にむけられていた。

その中には貴族も含まれていた。

王都に住む彼らは高い税金を強いられていた。

それは他とちがって、王都は聖女の結界の恩恵を最も受けることのできる場所だったからだ。

また、グリージョの普段の態度も悪かった。

王都を歩くときはいつもえばり散らしていた。

何か、王都の民が反論しようとしたら、「あたしが街を守ってるのわすれたの？」とマウントを取ってきた。

……その全てが今、グリージョに返ってきていた。

「くそっ！　あたしにどうしろっていうのよっ！」

グリージョはベッドの上で丸くなって、ことが過ぎるのをまつ。

結界を張り直せばこの騒動は収まるだろう。

しかしマリィの強化魔法が消えてしまっている今、彼女にはどうすることもできない。

「でてこーい！」「聖女でてこいや！」「おれらから高いかねぶんどってるんだから働け！」「おれらのことを馬鹿にしておいて、サボってんじゃあねえぞぉ！」

王都の民たちの不満が、今、爆発していた。

普段のグリージョの行いに加え、この緊急時。

誰もがストレスのはけ口を探しているのだ。

そして、自分の役割をこなさない（結界を張らない）聖女に、彼らの怒りの矛先が向いてる。

そう、事情を知らぬ民達からすれば、グリージョは緊急時にも姿を見せず、結界も張らず、サボっているように見えるのである。

……だが事情を話したところで、混乱は収まらない。

「あの馬鹿姉のせいだわ！　あの女……！　あたしに迷惑かけやがって……！　ちくしょおお！」

別にマリィはグリージョに迷惑などかけていないのだ。

グリージョが無能なのは自分のせいだし、暴動が起きているのも、普段の振る舞いが原因。

自分《マリィ》がいなくなったことで、グリージョが困ることを、忠告しなかったのが悪いのか？

……残念ながら、マリィは婚約破棄・追放されるさいに、きちんと説明していた。

自分がいなくなれば大変な事態になると。

……それに対して聞く耳を持たなかった、グリージョが悪い。

そう……結局のところ、今の事態はグリージョの自業自得だった。

まあそれがわかったところで、今の事態を打破することはできない。

どうしようと思ってた、そのときだ。

「どけ！　貴様ら！　私は王太子だぞ！」

「！　る、ルグニス殿下……」

まずい。こんな状態で、ルグニスにあいたくなかった。

がちゃり、と扉が開くと、ルグニスがやってくる。

「グリージョ！」

「で、殿下……すみません。姉の呪いのせいで、結界が出せなくて……」

もうこうなったら全部姉のせいにしてしまおう。

そうするほかに生きる道はない。

だが……ルグニスはグリージョの手をつかむと、外へと連れ出そうとする。

「ど、どこへ……？」

「城の外だ！」

「外⁉　や、やめてください死んでしまいます！」

外はとんでもない量の魔物がうろついてる。

出て行ったところで殺されるのがオチだ。

「大丈夫！　グリージョ、君なら呪いごときに負けない！」

「……はい？」

「きっとピンチになれば力が覚醒し、呪いを凌駕してみせるに違いない！」

……ルグニスはとんでもない誤解をしている。

今ピンチなのは、マリィによる弱体化の呪いのせいだと。

だから呪いを克服すれば、いつも通りの力が発揮でき、王都には平和が戻るだろうと……。

しかしそれは間違いだ。

弱体化してるのではなく、強化の魔法が解けただけ。

そう、今この状態がグリージョ本来の力なのだ。

ルグニスは、それをわかっていなかった。

「さぁいこう！　君が本来の力を出せば大丈夫さ！」

「い、いやですわ！　死にたくありません！」

「なにをいってるんだ！　前に出て力を示せ！　でないと、君を擁護した私にまで責任が及ぶだろう！」

この王子もまた、自己保身のために、グリージョに力を使わせようとしていた。

グリージョの失態は、聖女に選抜した王太子の責任であると……。

「ああもう！　どうしてこうなっちゃうのよ！」

自業自得だった。

☆

一方、マリィたちはというと……。

「さて、そろそろ行きましょう」

たっぷりとフルーツタルトを堪能したマリィ。

彼女のそばにいたリアラ皇女および、奴隷だった冒険者たちは、いない。

全員現世に送り届けたのだ。

のこったのはマリィ、カイト、オセといういつものメンツ。

『これからどーすんだよ。この蓬莱山に捕らわれていた、奴隷達は全員解放したけどよぉ』

リアラの部下である、帝国軍人も含め、クッキーにされていた奴隷達は全て、解放した。

のこるミッションはただ一つ。

「不死の山へ向かうわ」

びしっ、とマリィは蓬莱山中央にある、不死の山を指さす。

あそこには嫉妬の魔女マーサがいるのだ。

「ついに……マーサを倒すんですね！」

カイトがキラキラとした目を向ける。

だがオセは気づいた。

じゅるり……とマリィの口の端から、よだれが垂れてることに。

『おい魔女様よ、あんたなんで不死の山へ行くんだ？』

「お菓子の城を、手に入れるタメよ……！」

『はあ⁉　なんっじゃそりゃ！　お菓子の城ってなんだよ！』

マリィはオセに説明する。

「奴隷どもから話を聞いたの。マーサは不死の山に、城を建ててるって。その城は全部、お菓子でできてるんだって……！」

そう説明するマリィの目は、おやつを目の前にした子供のように、キラキラ輝いていた。

オセはこの目をよーーーくしっていた。

『つまりなんだ……。マーサのその城を食べに行く、と？』

「そのとおり。最初はマーサに、おかしの変身魔法を習おうと思ったけど、もうそれ修得したしね」

マリィは既におかしになったクッキー人形たちを、元に戻している。

呪いを解いたことで、その構造を理解し、己の物にしていたのだ。

『てことは……お菓子の城の話を聞かなかったら、あんた、帰るつもりだったのか？』

「？　当たり前でしょ」

『ぎりっぎりだったなまじで……』

あと少し、マーサがお菓子の城に住んでいることを知るのがおそかったら、マリィは蓬莱山から撤退。

マーサによる支配が続いていたところだった。

「お菓子の城なんて、夢のようだわ！　どんなのかしら……是非味わってみたいわね……じゅるり」

ボタボタとよだれを垂らすマリィ。

一方でオセは尋ねる。

『マーサが城を譲らないっていったらどうするんだ？』

「力尽くで奪う！」

『もうあんた、魔女じゃなくて蛮族だろ……』

発想が蛮族のそれだった。

マリィのマーサを倒す動機は、魔法からお菓子の城へシフトしていたらしい。

『まあなんにせよ、あんたがやる気出してくれて何よりだよ。魔女ほっときゃ人間界が大変なことになっちまうからな』

「あなた悪魔なのに常識的な発言しかしないわよね」

『おまえらが非常識だからだよ……！』

マリィとカイトが変なやつなので、相対的に常識人に見えるだけだった。

『おらさっさと行くぞ、不死の山へ』

「ええ、れっつらごーよ！」

「はい！」

かくして、マリィたちはマーサの元へと向かうのだった。

☆

マリィたちは打倒マーサのため、不死の山へと向かう。

馬車に乗って蓬莱山のなかを進んでいく。

椅子に座るマリィは物憂げな表情で窓の外を見て言う。

「おなかすいたわ」

『あんだけ散々食っといて、まーだ腹減ってるのかよ……』

蓬莱山に到着してからというものの、スイーツ三昧であった。

あの量のお菓子を食っていたらあっという間にデ（自主規制）。

「魔法使うとおなかがすくのよ」

「わっかりました！　すぐに蓬莱山の果物でおいしいスイーツでも！」

蓬莱山にとらわれ、無理矢理働かされていた奴隷たちから、スイーツを山盛り分けてもらってるのだ。

カイトはそれを使ったお菓子を作ろうとする。

「待って。私は今……しょっぱいものが食べたいわ」

「しょっぱいもの……ですか？」

「ええ。ちょっと甘い物連続はさすがに飽きたの。一回くらい食休みに、しょっぱくてがっつりしたものが食べたいわ」

オセがあきれたように『食休みって意味知ってる？』と聞いてくる。

マリィは胸を張ってどや顔で答えた。

「食事と食事の間の休みのことでしょ？　馬鹿にしないでちょうだい」

『ああ、言葉の意味は知ってるんだな。すまん』

「甘い物と甘い物の間に、しょっぱい物を挟むことで、甘い物連続で疲れてる舌を休ませるってやつね」

『おれの謝罪を返しやがれこんちくしょう……！』

何はともあれ、マリィは腹が減っていた。

「カイト。ご飯」

『赤ん坊はご飯欲しいときに、ご飯なんて言わないわ』

「赤ん坊かおまえは……』

どやぁあ……とマリィが得意げに笑う。

オセはあきれかえっていった。

「魔女様すみません。お肉を切らしてまして……」

「適当に魔物を狩れば良いじゃない？」

「それが……どうにも魔物の気配を感じないのです」

カイトは鋭敏な聴覚を持っている。

近くに魔物がいればすぐにわかるのだ。

しかし彼の耳に、魔物の声が聞こえてこないのである。

『小僧、ほんとか？』

「はい。ちょっと遠くまで耳を澄ませてみたんですけど……やっぱり、魔物の声は聞こえません」

『おかしいな……魔物がいないなんて不自然じゃあねえか？』

ここへ来たばかりの時には、魔物が普通にいたのだが。

しかし急に消えるなんておかしい。

『魔女様よ、マーサが何か企んでるんじゃあねえのか？』

かもしれないが、マリィはどうでもよかった。

彼女にとって最も重要なことは……。

「おなかが……すいた！」

マリィはだんだん不機嫌になっていった。

おなかがすいて仕方ないのである。

マリィは早く魔物を倒したくて仕方ないのに……！

「近くに魔物の気配がないなんて……！　もう！　オセ！　何か良いアイディアは⁉」

『あー……一旦元に戻るのはどうだ？　転移門《ゲート》使って現世に戻る。向こうなら魔物くらいたくさんいるだろ？』

「ナイス、あいでぃーあ！　カイト！」

マリィは窓から顔覗かせて言う。

「ちょっと魔物ぶっ倒してすぐ戻ってくるわ。座標をこの馬車に設定しておくから、あなたは馬車を進めておくこと」

「わかりました！　リアラ皇女殿下の助太刀に行くのですね！　お気を付けて！」

……どうやらカイトは、マリィが現世にいるリアラを、助けに行ってると勘違いしたらしい。

ま、どうでもよかった。

マリィは転移門を開いて、一旦現世へと向かうのだった。

☆

スイーツの連続で、ちょっと飽きたマリィは、お口直しにしょっぱいものを所望した。

転移門《ゲート》を使ってやってきたのは、ゲータ・ニィガ王国の上空。

マリィはホウキにまたがって、眼下を見下ろしていた。

「さぁカイト。近くに魔物の気配はないかしら？　できればおいしそうな肉を持ってる魔物」

「わかりました！　人助けですね！」

全然違う。

しかしマリィ信者カイトは、今回の彼女の行動を、こう解釈してるようだ。

「一足先に現世へ戻ったリアラ皇女殿下さまたちが、心配だから、助太刀にきた……そういうことですよね！」

全然まったくこれっぽっちも、当たってなかった。

単にしょっぱい系のご飯を食べたいだけだった。

カイトの頭に乗ってるオセだけが、この二人の認識の違いに気づいている。

やれやれとため息をついた。

『おい小僧。さっさと魔物を見つけやがれ。さくっと倒して、さっさと戻るぞ』

「はい！　よぉうし……むぅう～～～～～～～」

カイトが気合いをいれて耳をピコピコ動かす。

獣人の聴覚は人間より優れている。

加えて、カイトは神獣フェンリルの力を持っている。

獣人をも凌駕した超聴覚とでもいうべき、唯一無二の感覚を所有してる。

それを以ってすれば、この近辺の魔物の気配を辿ることなど造作もない……。

「いました！　オークです！」

「オーク……かぁ。もう一声！」

何だよもう一声と……オセはあきれる。競り売りではないのだから。

「あ！　オークジェネラル……オークキングもいますね！」

「ふむ……ねえカイト。オークの肉って、ランクが高い方がおいしい？」

「それはもう！」

にやり、とマリィが不敵に笑う。

ならば方針は固まった。

『何すんだよ？』

「オークを全部いただくわ」

『さいですか……ん？　おい魔女様よ、なーんかオークと誰かが戦ってねえか？』

マリィはホウキを使って移動。

眼下ではオークたちの大群と、武装した人間たちが戦っていた。

『ありゃあ……モンスターを討伐するために派遣された騎士だろうな。どうするんだ？』

「決まってるわよ」

マリィは接骨木《ニワトコ》の神杖《つえ》を取り出して、構える。

「それは……私の獲物なのよ。横取りされてたまるもんですか……！」

『いや横取りしようとしてるのあんたなんだが……てか、騎士を攻撃すんなよ！　わかってるな⁉』

マリィは杖を手にして、くるんと中空で動かす。

すると眼下で戦う騎士、魔物たちを全部覆うような、巨大な魔法陣が出現する。

『おいおいおいおい！　まさか本気でやらねえよな⁉　殺すんじゃあねえよな⁉』

「さぁ……狩りの時間よ。カイト、オセ。耳を塞いでなさい」

慌てて、カイトは獣耳を抑え、ぎゅっと丸くなる。

オセもまた自分の身を守る。

準備を整えたマリィは、その魔法の力を解放する。

「術式、広域展開……！　天裂迅雷剣《ディバイン・セイバー》……！」

ズガガガァアアン！！！！！！！！！！！！！！！

……凄まじい勢いの稲妻が、地上めがけて降り注いだ。

その轟音《ごうおん》のせいで、カイトたちはしばらく、耳が聞こえなくなっていた。

やがて白煙が晴れ、カイトたちの耳も正常に戻る。

『馬鹿おまえ……！　今の極大魔法じゃあねえか！』

極大魔法。高位の魔法使いが、長い年月をかけて修行し、身に付けることができる魔法の極地。

『皆殺しにしてどーーーーすんだよ！』

「誰が馬鹿よ。アレを見なさいな」

『ああん？　って……こりゃ……驚いた……全員無事だと⁉』

眼前にいる魔物達は、確かにしびれてはいるが、しかし生きていた。

白目を剥いて気絶している。

また騎士たちは気絶すらしていなかった。

『あの威力の魔法攻撃を受けて、無傷？　どうなってんだ……？』

「極大魔法と結界魔法、二つを同時展開したのよ」

『は、な、なあぁ⁉　同時展開……いやまて、できるか……その杖があれば……！』

接骨木《ニワトコ》の神杖《つぇ》。

世界最高の魔法の杖だ。

これを使えば極大魔法という、凄まじい魔法を撃つ一方で、それを打ち消す結界を構築することくらい可能である。

「極大魔法は私が発動させ、杖には仕込んでおいた結界を展開した。簡単でしょ？」

『いやまあ……あのね、あんたの言う簡単は、簡単だったためしがないんだよ……』

マリィは言ってなかったが、結界は眼下の騎士たちだけでなく、カイトたちにも包んでやっていた。

なんだかんだ言って、マリィはカイトたちのことを気に入ってるのである。

『しかし極大魔法を手加減して撃つなんて、神業だぜ？　あれは威力が調節できないってのが常識なんだが』

「私に常識が通用するとでも？」

『あんたが言うと説得力がちがうな……』

マリィは気絶するオークどもを、収納魔法で回収する。

『ちなみにオークを殺さなかった理由は？』

「血抜き作業があるでしょ？　私だって学習するんだから」

血抜きしないとケモノの肉は臭くて食べられたものではない。

と、かつてカイトに教えてもらったのだ。

マリィはどや顔で聞きかじった知識を披露する。

オセは思い切りため息をついた。

『っと、そういや小僧が黙ったまんまだな。どうした小僧？』

「…………」

『あ、こいつ、気絶してやがる……』

なに、とマリィが心配そうにカイトを見やる。

「て、手加減したのだけど……大丈夫？」

『ああ、心配すんな。魔女様の行いがすごすぎて、失神するレベルで感動したみたいだぜ』

「…………紛らわしいのよ」

ふぅ、と安堵の息をつくマリィ。

それを見てオセはニヤニヤと笑う。

『仲間の身を案じるなんてなぁ。どうしちまったんだい、エゴイストさん？』

「……意地悪ね」

『けけけ、おれぁ悪魔だからなぁ……！』

そんなこんなあって、マリィはお目当ての肉をゲットしたあと、転移門《ゲート》を開いて蓬莱山へと蜻蛉がえりするのだった。

眼下で、騎士たちが涙を流しながら、マリィに感謝してる姿に、気づかないのだった。

……だからだろう。

☆

さて、オークをぶっ倒したマリィ一行……。

彼女たちは、どこでもレストランを使って、異空間へとやってきていた。

高級レストランの客席のようなその場所は、魔道具が作り上げた仮想空間。

マリィは行儀良く椅子に座りながら、カイトの作る料理を心待ちにしていた。

『魔女様よぉ、こんなことしてる暇あんの？　マーサとの最終決戦が待ってるっていうのによ』

「うるさい黙れ」

ぴしゃり、とマリィ一喝。

彼女は精神統一して、やってくる食事のために、心と体を万全に整えていた。

ぐぎゅぅぅうううううう！　ぐるるるるぅぅうううううう！

『なんつーでかい腹の虫……あんた、そんなに腹減ってたのか？』

「ええ。大きな魔法を使ったからね」

『ああ、食事のエネルギーを魔力に変えられるんだっけあんた……』

通常、魔力は精神力と直結してる。

使いすぎると精神を削られて、頭痛などの神経症状が現れる。

だが、マリィは特別なのだ。

食事によるエネルギーを魔力に変化する、特殊な技術を身につけているのである。

どれだけ大魔法を使っても、頭痛によって動けなくなるということはない……が。

彼女の場合は空腹で動けなくなるのだ。まあ結局動けなくなるのだが……。

「カイト、まだ？　私腹ぺこで死んじゃいそう……」

『あんたが餓死してるところなんて想像できねえな……あ！　てめ、なにすんだ……！』

マリィは黒猫オセをがしっと掴む……。

「肉球って……おいしそうね。ぷにぷにしててゼリーみたい」

『おいバカやめろ！　離せ！　肉球は食い物じゃあねぇえ！』

「あぐあぐ」

『ふんぎゃぁあああああああああああああ！』

マリィは猫《オセ》の手をつかんで、しゃぶっていた。

仰天したオセがマリィの顔を、ひっかこうとする。

がきぃいん！　と結界によってオセの攻撃が阻まれてしまった。

『なにすんじゃあ⁉』

「おいしくないわね」

『失礼にもほどがあんだろてめえ！』

がりがりがり、とオセが猫ひっかき攻撃を繰り返すも、マリィの結界によって全部防がれてしまった。

ほどなくして。

「魔女様！　できました……！」

カイトの手には……とても大きなどんぶりが握られていた。

「待ってたわ！」

マリィの期待がマックスまで高鳴る。

星空のようにキラキラ輝く目は、カイトの作ったその巨大どんぶりにロックオン。

どしん！　とカイトがテーブルの上にどんぶりを置く。

『えらいでっけーなぁ』

「魔女様はこれから、大ボスと戦うのです！　精を付けてほしいから、たくさん作りました！」

『献身的すぎるだろおまえ……』

こんな食欲エゴイストにつかえてるカイトが、なんだか不憫に思えた。

一方、マリィはもうわくわくしっぱなしで、よだれが口の端から垂れていた。ふがふがと鼻息を荒くしてる姿は、淑女とは思えないほど。

「は、早く！　じらさないで！」

「わかりました……おーぷんっ！」

カイトが椅子の上に立って、巨大どんぶりの蓋を開ける。

「ふぁああああああああああああああ♡」

マリィの絶叫。

さもありなん、その中には見たことないくらいの、巨大な丼物が入っていたのだ。

「な、なにこれ！　この黄金の……料理は！」

「カツドゥーン、です！」

「か、カツドゥーン⁉」

「はい！　故郷のじーちゃんばーちゃんから教えてもらった、郷土料理です！」

カツドゥーン……。

それはカイトの祖父母が教えた料理。

彼らは実は異世界からの転生者で、カツドゥーンとはすなわち、カツ丼。

豚肉を油で揚げて、だし汁と溶き卵をかけて作った、異世界の定番料理。

「こんな料理見たことないわ……！」

マリィたちからすれば、異世界の料理は未知の存在。

カツ丼を見たマリィの目は、太陽のように輝いている。

「どうぞ！　その黄色いお肉と一緒に、ご飯を食べてください！」

「委細承知！」

極東での事件を解決した帰り、極東からたくさんお米をもらっていたのである。

カイトはお米と、そしてさっき手に入れたオーク肉を使って、カツ丼を仕上げたのだ。

マリィは手にもったスプーンを、カツの海に挿入する。

ざくっ、と掬って持ち上げると……。

スプーンの上には揚げたてのサクサクカツに、とろっとろの溶き卵がかけられてる。

ふわりと香る出汁の良い匂いに、思わずマリィも、そしてオセすらも、生唾を飲んでしまう。

「い、いい、いただくわ！」

「どうぞめしあがれっ！」

マリィはスプーンで掬ったカツ丼を、ひとくち……食べる。

さく……じゅわあああ……。

「～～～～～～～～～～～～～～～～～～～～！」

恍惚の表情で、マリィが全身を震わせる。

口の中にひろがる、未知なる味、快感に身体を震わせていた。

「ど、どうでしょう……？　正直、故郷のマイナー料理ですので、お口にあわないかも……」

「うまい！！！！！！！！！！！！！！！！！！！！！！！！！」

きぃん！　とオセが、あまりのうるささに耳を押さえる。

カイトはぽかんとしていた。

「うまい！　うますぎる！　なにこれ！　揚げた豚肉とおこめってこんなにあうなんて！　しかもこの出汁と卵がまたあうことあうこと!!　あまじょっぱいうえにボリューミー！　油っぽいけどぜんぜんくどくない！」

マリィはだん！　とテーブルに手をついて、頭を下げる。

「最高の料理よ！　作ってくれて、ありがとう！」

マリィが頭を下げるなんて、めったにないことだ。

料理人に感謝を伝えたくなるくらい、おいしかったのだろう。

カイトはそんなマリィの姿を見て、うぐ……ぐす……と涙ぐむ。

「ふぇえええ……うれしいですぅ……」

『良かったな、頑張って作ったかいがあってよぉ』

「はいぃぃい～……」

オセは尻尾を伸ばして、カイトの涙を拭いてあげる。

その間に、マリィはカツ丼をばくばくと食べる。

猛烈な勢いで完食すると、マリィは立ち上がる。

「魔力、充填完了！」

『やる気は？』

「マックスファイアーよ！」

意味はわからないが、どうやらやる気になったようだ。

マリィは魔女帽子をかぶり直して、ほうきを手にとり、不敵に笑う。

「さ！　行くわよ！」

「ハイ！」『おうよ』

「食後のデザートを食べに！」

『そっちかよ……』

☆

マリィがマーサとの決戦へと赴いた、一方そのころ。

マリィの妹、グリージョは大量のお供、およびルグニス王太子を率いて、城の外へとやってきていた。

本当だったら、外になんて絶対に出たくなかった。

現在、グリージョはマリィの強化付与魔法がきれて、本来の弱い姿に戻ってしまっているからだ。

だが周りはグリージョの事情なんて知らない。

聖女グリージョに、この事態をどうにかしてもらいたい。いや、高い金を聖女に貢いでいるのだから、その金の分働けと……。

そのプレッシャーに耐え切れなくなり、グリージョはしぶしぶと城の外へ出て、結界をかけなおそうとした。

グリージョが結界を張るためには、被対象者（物）を目視せねばならなかったからだ。

無論、それは単にグリージョの結界術師としての技術が未熟だから、必要な工程だった。

真に実力のある結界術師は、対象を見ずとも、結界を対象に張ることができる。マリィもまたしかり。

さて、城の外に出たグリージョは信じられないものを目撃していた。

「なんなの……？」

「どういうことなんだ……？」

グリージョ、そしてルグニス、そしてそのほか多くの騎士たちは、目のあたりにしたのだ。

……大量のオークどもを、一撃のもと葬り去った、魔法使い。

魔女……マリィの存在、そして魔法を。

「うそ……うそうそうそ！　ありえないわ！　なんで、マリィが魔法なんて！！！！」

魔法。はるか昔に存在した、奇跡の技。

一瞬で森を焼き、大雨を降らせ、嵐を巻き起こし、そして雷で竜すら一撃で黒焦げにしたという。

だが長い時間を経て魔法の技術は衰退し、ついにはこの世界で魔法を使える存在は、いないとされていた。

……そんな奇跡の技を、あろうことか、出来損ないと蔑まれていた姉が使って見せたのだ。

グリージョの衝撃は相当なものだった。

「あたしは信じない……信じないんだから……」

だが、その声は弱弱しかった。

伝聞ではなく、その目で直接、姉が魔法を行使した場面を見たのだ。

人は見たいものしか見ない生き物だ。

とはいえ、こんな目の前で真実を突きつけられては、認めざるを得ない。

「マリィが……魔法使いだったなんて！」

ルグニスの言葉は不思議と、その場にいた騎士たちに一瞬で広がっていった。

「マリィ様が魔女？」「ゴルドー公爵の御令嬢さまが？」「まさか」「だが見ただろう、あの黒髪の美女が、魔法を使うさまを！」

ざわ……ざわ……。

騎士たちはすっかり、マリィの魔法に魅入られていた。

しかたないことだ。

さきほどまで、オークの大軍に襲われて、絶体絶命のピンチを迎えていたのだ。

その窮地から一瞬で、鮮やかに、王都の民たちを救ってみせた。

聖女《グリージョ》ではなく、魔女《マリィ》が。

優秀な妹ではなく、劣等なはずの姉が。

……グリージョの中に、姉に対する嫉妬心が芽生える。

「うおお！　すげぇえ！」「魔女様すごい！」「聖女様なんかよりよっぽど頼りになるなぁ！」「まったくだ！　魔女様ばんざい！」「ばんざーい！」

嫉妬の芽は、マリィをたたえる大歓声という水を浴びて、むくむくと育っていく。

グリージョは怒りで肩を震わせると……。

「馬鹿にするんじゃあないわよ！　あんたら！」

顔を真っ赤にしたグリージョが叫ぶ。

勝利に浮足立っていた騎士たちは、一瞬で静かになる。

感情的になったグリージョは声を荒らげる。

「なにが聖女より魔女よ！　ふざけんな！　今まで守ってやってた恩義も忘れやがって！」

「ぐ、グリージョ……落ち着いて。淑女がそんなハシタナイ言葉を使ってはならぬ……」

いきり立つグリージョをルグニスがなだめようとする。

だがグリージョは気づいていた。ルグニスの目に、彼女に対する畏敬の念が、消えていることに。

それは聖女という、奇跡の技を使う選ばれた存在に向ける目ではなかった。

単なる、恋人に向けるだけの目。……気に食わない。

姉より優れていなきゃいけない。

姉より神聖な力を持っていないといけない。

姉が魔法という、希少な、そして奇跡の力を持ってることが……ゆるせない。

姉より下に思われてるのが、気に食わない。

「ねぇルグニス！　この不敬な騎士たちをとっ捕まえて死刑にしてよ！」

「なっ⁉　何を馬鹿なことを言うんだ君は！」

騎士とは民を守る盾だ。

この魔物が氾濫《はんらん》し、暴れまわってる事態において、必要不可欠な存在。

それを捕まえる？　死刑にする？

「できるわけないだろ！」

「なんでよ！　やってよ！　あんた、あたしに惚れてんだろ！　恋人がやれつってんだから、やれよ！」

……グリージョは聖女の仮面を脱ぎ捨てて、エゴをむき出しにしていた。

わがままを言って、無理を押し通そうとする。

今がそんな状況ではないと理解していながら……。

所詮、偽の聖女の実態なんてこんなものである。

「あのくそ姉を褒めてるやつみーーーーんな死刑！　死ね死ね死ね死ね！　あたしを馬鹿にするやつはみんな死んじゃえばいいのよぉ！　ねえ、ルグニスぅ！」

「…………」

「ルグニス？」

もはや、彼の目には、グリージョが聖女の姿として映っていなかった。

単なるわがままな、女だと……。

惚れてる、という魔法が解けた。

その目の前にいるのは、たんなる性格の悪いわがまま女にしか見えなかった。

「おい、誰でもいい。この女を捕まえて牢屋に入れておけ」

「……………………………………………………………………は？」

「そんな大恩人……我らの救世主を、捕まえる？　死刑にする？　そんなことできるわけないだろうが、痴れ者が」

ルグニスはそう言い放つ。

その場に集まっていた騎士たちも、ルグニスに賛同するように、強く何度もうなずいていた。

「捕まえろ。……その女こそ我らに災いを振りまく存在だ」

「「「ハッ……！」」」

……ようやく、グリージョは理解した。

自分が今、引っ捕らえられそうになってることを。

グリージョは逃げようとするが、騎士たちによってあっという間に地面に押し倒され、身柄を確保されてしまう。

まるで罪人のような扱いだ。

いや……本当に罪人なのだ。

彼女は、今までずっと嘘をつき続けてきた。

自分が聖女だと。

その嘘のせいで、大勢の人が傷付いて、死んでいった。

罪人扱いも、やむなしだった。

捕らえられたときに顎を打った。

そのときの痛みが、グリージョに、これが現実だと教えてくる。

すなわち……騎士に捕まり、そして処刑されるのだと……。

「い、いや……！　いやよ！　いやぁああ……！！！！！！」

グリージョは鼻水と涙で、顔をぐしゃぐしゃにしながら、必死になって訴える。

「た、助けて……！　死刑なんて嫌！　嫌よぉお！」

「黙れ。貴様は救国の英雄を、殺せと言った。そんなことを言う罪人を生かしてはおけぬ」

「だからって殺すことないでしょぉおお!?」

じろり、とルグニスがグリージョをにらみつける。

「ふざけるな。あの英雄を、この国から追放するきっかけを作ったのは貴様だ。十分死罪に値する」

「ふざっけんなぁああ！　あのクズを追放したのはあんたでしょぉおおお！」

醜く責任を押しつけようとするグリージョ。

しかしルグニスの態度は変わらない。

「私はおまえにそそのかされたのだ、グリージョ。ああ……マリィ……すまなかった……何度謝罪しても足りないくらいだ。今からでも許してもらえるだろうか……」

もはやルグニスのなかでは、善良なるマリィを、追い出した悪女グリージョ……。

そんなストーリーが展開されていた。

……まあもっとも、グリージョの嘘にあっさりだまされて、真実を見ようとしなかったルグニスにも、非はあるのだが……。

そこは棚上げするつもりらしい。

「連れて行け、その悪女を！　そして殺すのだ……！」

「いやだぁあああああ！　ああああああ！　いやだぁあああああああああああああああ！」

惨めに泣き叫ぶグリージョ。

だがルグニスは彼女の醜い姿を見て、顔をゆがめて吐き捨てる。

「いっときでも、こんな女に心動かされた、自分が恥ずかしいよ……」

「ひどいぃ……ひどいよぉお……」

グリージョは騎士に連行されながら、涙混じりにそうつぶやく。

化粧がはげて、一気に数十歳も年を取ったように、外見が変貌していた。

「うう……ううううう……どうしてぇえ……どうしてこうなるのぉお……」

罪人のように捕縛されて、城へと連行されていくグリージョ。

こんなことになるはずではなかったのに……。

「ああ……マリィ……マリィ……あの……あいつが……うらめしい……」

自分より凄い力を持っている、姉が羨ましかった。

魔法の力は奇跡の力。

そんな奇跡の力を用いて、民を救い、誰からも感謝……尊敬される。

そんな絶対的な存在に……神に、グリージョは憧れていた。

高い法力を持ち、大聖女に選ばれたとき、グリージョは念願が叶ったと思った。

これで神として、皆から愛されるに違いないと……。

でも、偽物だった。

自分の力も、与えられた地位も、全部……。

「うう……うらやましい……妬ましいよぉおお……マリィ……まぁりぃいい……」

地の底から響き渡るような声。

側で聞いていた騎士たちが、ぞっとするほどの、まるで地獄から這い出てきた亡者のような声
……。

そこには、【嫉妬】の感情が込められていた。

高濃度の、負の感情。嫉妬の気持ち。

その波動はグリージョのからだから吹き出して、王都中……いや、王都の外まで広がっていった。

常人では見えないその黒い感情のほとばしりは……。

しかし、次元を超えて、とある魔女のもとへと伝わってきた。

「へぇ……いい感情《もん》もってるじゃあないの」

お菓子の城の中、マーサは口にくわえたペロペロキャンディを、ぱきんっ、と歯で折る。

その口元には酷薄な笑みを浮かべていた。

「あの馬鹿は、無駄に強いからね。ま……保険くらいはかけておこうかしら。ちょうど都合の良い具合に、マリィに強い嫉妬の心を抱いてるようだしねぇ……」

嫉妬の魔女マーサ。

グリージョの悪しき心は、同じく悪しき魔女の知るところとなった。

マーサはポケットから、小指の爪ほどの黒いキャンディを取り出す。

ぱちんっ、と指を鳴らすとキャンディは毒蛾へと変貌。

蛾は鱗粉《りんぷん》をまきちらしながら、お菓子の城の外へと出て行く。

「まぁ……万一のための保険。使わないにこしたことはない……」

マーサは新しいペロペロキャンディをとりだして、口にくわえる。

毒蛾は真っ直ぐに、グリージョの元へと向かうのだった。

四章

しばらくして……。

蓬莱山にある、不死の山。

お菓子の城にて。

嫉妬の魔女マーサは、玉座に座りながらにやり、と笑う。

「くく……来たわね。マリィ……！！！」

マーサはギラギラとしたまなざしを、明後日の方向に向ける。

そのはるか先にはマリィがいた。

マーサたち魔女は、魔力を感知するという技術を持ってる。

「わかるわよ、暴食の魔女……。あんたが転生して、膨大な体内魔力と、魔力出力を手に入れてるってねえ！」

体内魔力とは、文字通り体内に内包【できる】魔力量のことだ。

いわば、バケツの容量。

どのくらいの水（魔力）を蓄えておけるか、の数値のことだ。

前世のマリィ……ラブマリィのときの体内魔力は、さほど多くはなかった。

だが転生後のマリィには、莫大な量の体内魔力が秘められてる。

そして、魔力出力。

これは単純に、一度の魔法の行使で、外に排出できる魔力の限界量のことをいう。

マリィを最強の魔女たらしめているのは、ひとえに、尋常ならざる魔力出力があるからだ。

いかに体内魔力が多かろうと、放出する量が少なければ、たいした威力の魔法を生み出せない。

ダムのごとき膨大な量の魔力量があっても、それを排出する蛇口が小さければ、そんなに多くの量の水を排出できないと同様……。

魔力出力は、魔法使い同士の戦いにおいて、重要なファクターなのだ。

「暴食の魔女……あんたに負けた屈辱、忘れた訳じゃあないわよ！」

マーサは玉座に座りなおし、にやりと笑う。

「あんたに負けてから幾星霜《いくせいそう》……。再びあんたと相まみえたとき！　ぶったおすため、しこしこと力を貯めてきたのよ……！」

マーサが高らかに笑う。

「あんたにかって、最強魔女の座はいただくわよぉ！　おーっほっほっほぉお～～～～～～！」

……独り言の多い女だ、と突っ込むものは誰もいない。

マーサは「ふん……」と鼻を鳴らす。

「あたしは高位の魔女なの。孤高なる存在……強いから群れないのよ」

暗に、仲間と一緒に旅してるマリィをディスっていた。

当然、賛同するものも、否定するものもいない。

「さぁ……来いマリィ。来なさいよ。あたしの作った自慢の魔法で、あんたをぎったんっぎったんにしてやるんだからぁ……！」

マーサの瞳には復讐の炎が宿っていた。

……まあその、幼い見た目でいくらすごんでも、恐くはないのだ。

しかし幼女な見た目をしていても、中身は魔女。

強力な魔法を使う、恐るべき存在なのだ。

まあそれをいうなら、マーサ以上の魔力出力を持つマリィは、竜や雷なんて比じゃないレベルで、凶悪な存在なのだが……。

まあそれはさておき。

「さ、来なさいマリィ！　いつでも返り討ちにしてやるわぁ……！！！」

しーん……。

「あ、あれ……？　おかしいな。まだ来ないのかな」

マリィはマーサのお菓子の城の前まで来ている。

魔力を感知することで、その位置は把握していた。

「なのに、一向に入ってこないのは、どういうことなのかしら……？」

あれぇえ？　とマーサは首をかしげる。

「ちょっと様子見にいかせるか……」

マーサは手に持っていたキャンディを取り出し、空中へと放り投げる。

マーサの得意魔法、【有為転変】。

物体の性質を無視して、姿を変化させる能力だ。

ただし、縛りとして、【生物】と【おかし】の二物質の変化しかできない。

生物をおかしに、おかしを生物に、代えることしかできないということである。

キャンディを鳥にかえ、外に放り出す。

創出された魔法生物は、マーサの使い魔。

彼女の目となり、耳となることができる。

マーサの使い魔は外の様子を見て、絶句していた。

「な、な、なぁああ⁉」

そこにあったのは……。

「うまうま。おいひー!」

お菓子の城にかぶりついている、暴食の魔女マリィの姿だった。

「なぁあにやってんのよぉあんたぁあああああああああ!!!」

☆

嫉妬の魔女マーサのもとへとやってきたマリィ。

だが魔女のもとへは向かわず、彼女の城の前にた。

「はぐ……もぐもぐ……うっまー！！！！！！！」

マーサの城は、お菓子の城。

城を構成するものすべてが御菓子なのだ。

「この、もぐもぐ……クッキーの城壁！　むぐむぐ……おいしすぎるでしょぉお！」

中央に城があって、その周りに城壁が建てられてる。

本体と城壁の間には堀があって、そこにはホットチョコレートの川が流れていた。

城はホールケーキがいくつも重なっているような見た目。

城壁はそれを取り囲む、クッキー生地。

マリィは爆速で城壁をかじっていく。

「しかも……はぐはぐ……このクッキー！　たくさんの種類の……むしゃむしゃ……クッキーででできてて、味に飽きないわ！！！」

よく見れば城壁は、チョコクッキー、抹茶入りクッキーなど、色とりどり、味も様々なクッキーで構築されてるのがわかる。

マリィは飽きることなく、城壁のクッキーを、まるでシロアリのごとく食べていくではないか。

「魔女様ぁ！　そこのチョコレートの川からチョコを引いて、チョコレートフォンデュ作ってみました！」

またカイトという凄腕料理人＋お菓子職人が加わることで、マーサ城攻略が効率よく？　進む。

カイトはマリィから魔道具を借りてきていた。

一見するとただのお鍋なのだが、マーカーを水の中に置くことで、鍋の中に無限に水を転移させられるという代物。

この魔道具を応用し、カイトはチョコレートフォンデュを作ったのである。

マーカーをチョコの川のなかにおいておけばあらふしぎ、鍋の中に無限にチョコレートが湧き出すというもの。

城壁クッキーを砕いて一口大にし、それをマリィに渡してくる。

「なに⁉　チョコレートフォンデュって！　どうやって食べるの⁉」

「この湧き出すチョコレートにですね、クッキーとかマシュマロとかをつけて、食べるんです！」

「なんだそのさいこーにハッピーかつちょー楽しそうなおかしはぁ！！！」

マリィは実際にはやってみることにした。

クッキーをあふれ出るチョコにつけて、口の中に入れる……。

「うううまぁあああああああああい！」

温かい、生のチョコレートがかかったクッキー。

かむたびにさくさくとした食感と、ホットチョコレートの甘い風味が相まって、最高においしかった。

「魔女様！　クッキーだけでなく、マシュマロとか、フルーツとかも、あいますよ！」

「天才か貴様！」

「ありがとうございます！」

マシュマロやドライフルーツを串にさしながら、えへへとカイトが笑う。

これらはどこから、誰がとってきてるかというと……。

「急げ！　城攻めしている魔女殿のために働くのだ！　皆の物！」

「「応！」」

マリィのパシリ……もとい、帝国の皇女リアラと、キールほか帝国の兵士たちだった。

一度下界へ戻った彼らが、マリィの要請で、こうしてまた蓬莱山へと戻ってきたのである。

理由は、見てのとおり、マリィの食事の手伝いだった。

兵士たちは城壁の穴（マリィが食べたあと）から中に入り、城にくっついてるお菓子をとってきては、カイトのもとへと置いていく。

カイトはその菓子を使って、さらなるお菓子を作ってる。

「すごい、魔女殿からお借りしたこの魔道具！　城の壁をサクサク砕ける！」

マリィはお菓子を採掘させるため、つるはしやスコップなどの道具を、帝国兵士たちに貸し出した。

それには身体強化をはじめとした、初歩の補助魔法がかかってる。

それのおかげで兵士たちは爆速でお菓子の城からパーツを削り出せていた。

そのおかしを、カイトが加工し、マリィがおいしそうに食べていく。

「マシュマロにホットチョコレートこんなにあうなんてー！　うまー！」

「魔女様！　スモワはいかがですか？」

「なんだスモワってぇえ！」

「クッキーにチョコレートと、そして少し溶かしたマシュマロをはさんで完成！」

マリィはカイトからスモワを受け取り、はむ……と食べる。

口の中でマシュマロ、チョコが溶け合って、めまいを起こすほどの甘さが襲い掛かってくる。

だがクッキーのサクサク感がちょうどいい感じに、味にアクセントをつけており、くどさを感じさせなかった。

「ふぉぉおお……♡　スモワ……しゅきぃ……♡」

マリィは次から次へ繰り出される、カイトの作る絢爛豪華なお菓子の数々に、恍惚とした笑みを浮かべる。

リアラはそれを見て、兵士たちに伝令を出す。

「伝令！　スモワをもっとほしいそうだ！　マシュマロとクッキーを城から採掘してくるのだ！」

リアラという指揮官がいることで、マリィが声に出して要求しなくても、欲しいお菓子が自動で出てくる。

カイトは次々とスモワを作り出し、マリィに手渡す。

マリィは受け取ったそれを、秒で口の中に入れていく。

まるで水のように、おかしを体内に摂取していくマリィに対して、オセは絶句していた。

「さすが魔女殿だ！　マーサの城をこんなふうに、奇想天外なアイディアをもって、攻略するなんて！　こんな方法誰も思いつかないぞ！」

『まあ、思いついても普通は実行しねぇけどな……』

オセがあきれたようにため息をつく。

オセはカイトのおかしが、次から次へとマリィの腹の中におさまっていく様を見て、あきれ返っていた。

『どんだけお菓子好きなんだよ……』

「マーサのお城しゅきぃい♡　おやついっぱいでしゅきぃい♡」

しかし単にマリィがおやつを食ってるだけで、周りからは誤解を生むことになる。

すなわち、魔女マーサの城を、一人で攻略してるマリィ、という図が完成するわけだ……。

「魔女殿のために、身を粉にして働くぞ！」

リアラ皇女がマリィの雄姿に感動し、やる気を出すと、力強くうなずきながら言う。

「魔女殿をご満足させるため、われらは馬車馬のように働くのだ！」

「「「おう！」」」

オセはその様子を見て、『そんな気張らなくていいんだぜ……』といったが、その声は届いていないのだった。

☆

マーサの城へと到着したマリィ一行。

しかしマリィが最初にやったのは、お菓子の城の攻略（食する）だった。

「まぁあああああああありぃいいいいいいいいいいいいいいいい！！！」

突如として、頭上から女の声がした。

マリィ以外、全員が空を見上げる。

そこには、一羽の巨大な鷲。

ただしその鷲は、生物ではないことが直ぐにわかった。

全身が飴細工でできていたからだ。

べっこう飴を加工して作られた大鷲の上には、小柄な女の子が座ってる。

『魔女様よぉ、あいつが嫉妬の魔女か？』

オセが一発で魔女だと見抜く。

それは、鷲の上に乗ってる女が、マリィ同様、頭の上に三角帽子を被っているからだ。

「うまうま」

『「聞けよ、話を……！！！！」』

オセとマーサのツッコミが被る。

だがマリィはスモワを無限にもぐもぐしていて、マーサのことなんて気になっていない様子だ。

「久しぶりじゃあないの、暴食魔女！」

「もぐもぐ……」

「姿が変わってもアタシにはお見通しなんだからね！」

「むぐむぐ……」

「あんたがのんきにメシ食ってる間、こちとらずぅっと牙を磨き続けてきたんだから……って、聞けやぁ……！！！」

マリィはまるで興味なさそうに、お菓子の城から削り出したお菓子を、むっしゃむっしゃと無心で食べている。

どこまでもマイペースな魔女だった。

さて、マリィはマーサに対してさほど恐怖（というか興味）を抱いていない、一方……。

帝国の兵士たちは、ガタガタ……と体を震わせていた。

「ま、魔女だ……」「ああ……」「また、おかしにされてしまう……！！！」

リアラの部下である、帝国の兵士は一度、マーサの魔法を体感してる。

有為転変。

生物と非生物とを変換させる、恐るべき魔法だ。

兵士たちはマーサの有為転変をうけて、全員が捕虜となっていた。

その経験があるからこそ、全員がマーサを恐れる。

だが……リアラはきっ、とマーサをにらみつける。

「貴様が嫉妬の魔女だな！　私の愛する同胞たちにした非道の借りを、今ここで返してくれる！」

リアラが狙撃銃を構えて、銃口をマーサにむける。

降伏勧告もなく、リアラはマーサに向けて銃弾を放った。それほどまでに、リアラ皇女は怒っていたのだ。

部下をおかしにして、捕らえ、奴隷のように働かせていたことを……。

どどおぅう！

リアラの放った銃弾が真っ直ぐにマーサに襲いかかる。

ずどん！　と銃弾はマーサの眉間を打ち抜いた。

マーサがのけぞって動かなくなる。

「や、やったのか……⁉」

「で、殿下ぁ……！　腕！　腕を！」

「うで……？　こ、これは……⁉」

リアラの腕が飴細工に変わっていたのだ。

「ひぃぃ！」

ぱきんっ、と彼女の腕が簡単に砕け散ってしまう。

「んあぁあ……！」

「「殿下ぁ……！」」

リアラが倒れ、兵士たちが近寄ろうとする。

「ち、近づくな……！」

ぱきき……と兵士たちの全身が一瞬にして飴細工へと変化。

そして……ぱきぃん！　と全員が砕け散ってしまう。

「あ……ああ……そ、そんな……おまえたち……」

もろく崩れ去ったアメの残骸を見ながら、リアラが絶望の表情を浮かべる。

それを高いところから、マーサが冷たいまなざしを向ける……。

「魔女……これが……」

兵士たちは自分らが何をされたのか、さっぱり理解できずに、砕け散ってしまったのだろう。

リアラはマーサの謎の力をまえに、なす術がなかった。

ばさ……！　と大鷲が地上に降り立つ。

マーサが鷲から降りたって、リアラの元へやってきた。

「う、く……！　くそぉお！」

片腕で銃を持って、マーサの眉間に銃口を突きつける。

だがマーサは微動だにしない。

マーサは棒キャンディを加えながら、リアラを見つめる。

……恐ろしい。

その瞳にはリアラが、まるで路傍の石のように映ってる。

引き金を引けば相手の命を奪える銃を、突きつけてる。

圧倒的に優位に立っているのは、リアラの方だというのに……。

「なに？」

「う……あ……ああ……」

リアラはマーサに気圧されて、その場にペンタとへたり込む。

マーサは無感情に銃を手に取って、リアラの眉間に突きつけた。

躊躇なくマーサが銃口を引く。

ずどん……！

痛みが、いつまで経っても襲ってこない。

リアラが恐る恐る目を開ける……。

「ま、魔女殿……！」

マリィがマーサの背後に立っていた。

マーサの腕を取って、銃口を上空へとむけていたのだ。

「あら……アタシに触れるなんて、死にたいの？」

ぱきき……！　とマリィの腕が先ほどリアラがされたのと同様、飴細工へと変化する。

ぱきぃん！　と腕が砕け散る。

だが……。

砕けたアメが元の形に、そして腕へと変化した。

まるで時間がまきもどったかのようだった。

「！　へぇ……姿は変わっても、魔法の腕は衰えてないようね」

「私より階梯が下の分際で、上から目線で魔法を語らないでちょうだい」

「ほんっとに！　やなやつ！」

マーサが振り向いて、手をマリィにむける。

手からは魔力の塊が照射された。

魔力撃。

魔力を手のひらにため、相手に向かって打ち出す。

魔法ですらない一撃。

しかし魔女であるマーサが使うことで、その一撃は必殺の威力を持つ。

マーサから放たれた魔力撃は大地を削り、そして背後のお菓子の城の一角を木っ端みじんに吹き飛ばした。

『な、なんつー威力……これで魔法じゃあねえんだから……驚くぜ……』

悪魔《オセ》ですら驚くほどの魔力撃……。

だがそれを受けても、マリィは平然としていた。

「魔法障壁？」

「いや、そんなの使わなくても、あの程度では私を傷つけることなんてできないわ」

静寂。

そして……マーサが邪悪に笑った。

「さあ、決着をつけましょうか。どっちが本物の魔法使いか！」

ごぉ……！　とマーサの体から魔力が吹き出す。

凄まじい体内魔力。

だが……。

マリィは怯える様子はみじんもない。

接骨木《ニワトコ》の神杖《つえ》を取り出して構える。

「さっさと倒して、さっさとお菓子タイムの続きよ」

今まさに、魔女と魔女がぶつかり合おうとしていた。

☆

お菓子の城を背後に、マリィとマーサは相対してる。

マーサは飴細工の大鷲にこしかけ、マリィを見下ろしてる。

一方マリィは地面に立ち、その手には接骨木《ニワトコ》の神杖《つえ》が握られている。

「あなたたち、邪魔だから下がってなさい」

「！」

マリィの言葉に、カイトが反論しようとする。

自分も戦う、そう主張しようとした。

しかしカイトは、マーサを見て息をのむ。

マーサから感じる魔力の波動。

それは、マリィに近いものがあった。

魔法の衰退した世界において、この魔女らは、上位の強さを持つことになる。
ただの料理人風情の自分が、この二人の強者《魔女》の間に、割って入ることはできない。
むしろ、足でまといになってしまうことは確定的に明らかだった。
ぐぐっ……と血が出るほど、カイトは悔しそうに下唇を噛む。
そんなカイトを見て、オセがため息をつくと、尻尾で優しくカイトの足を叩く。
『小僧。見上げた忠誠心だが、やめとけ』
「……はい。わかり、ました」
カイトとオセが、ギャラリーであるリアラたちのもとへ向かう。
マリィは杖から手を離す。
ふわふわと杖は中空を移動し、カイトたちの頭上へと向かう。
そこから、防壁の魔法が展開された。
杖を中心とした、半球状の結界で、ギャラリーたちを完全ガード。
「……エゴイスト魔女が、随分と人に優しくなったじゃあないの」
マーサはマリィの前世を知ってる。
魔王に家族を殺され、その復讐のためにひたすら魔法を極めようとしていたことを。
魔法の訓練以外何の興味も、生きる意義も見いだせなかった女が……。
自分の持ってないものを持って、目の前に現れた。
ムカつく……そう思ってるようだ。

一方マリィは平静さを保ったまま言う。

「勘違いしないでちょうだい。わたしは別に、人に優しくなった訳じゃあないわ」

カイトを守ったのは、自分においしい料理を提供する、最高の料理人を失いたくなかったから。

他の連中をガードするのは、戦いの邪魔になるから。

まあ、結局のところマリィの優しさだったりするのだが。

『素直じゃあねえなぁ、魔女さまよ』

オセが苦笑しながら笑う。

カイトも、そしてリアラ皇女も、マリィのことを信じていた。

「ありがとう、魔女殿……！　我らをお守りするだけでなく、我らのために悪しき魔女を討伐してくれること、深く感謝いたす！」

マリィはちらっとリアラを一瞥するだけで、応じることはなかった。

ごご……とマーサからさらに強い体内魔力を感じたからだ。

「死ぬ前の最後のおしゃべりはすんだ？　なら……死ね……！！！！！」

マーサは加えていた棒キャンディをひきぬくと、その先端をマリィにむける。

「広域展開！」

マリィを取り囲むように、無数の魔法陣が空中に展開される。

「穿《うが》て！　魔法矢《マジックアロー》……！」

魔法矢。魔力で作られた矢を光速で打ち出す魔法だ。

並の魔法使いがこれを使うと、大人が拳で殴ったくらいの威力を持つ。

……が、それはあくまでも、並の魔法使いなら、の話だ。

マリィを取り囲むのは数え切れないほどの魔法矢。

それが恐るべき早さでマリィに向かって照射される。

ずがががががががががががががががががががががががががががが！！！！！

『な、なんつー威力……！　魔法矢ってレベルこえてるぞ！』

「まるで流星群が地上に降り注いでるようだ……！」

オセとリアラ皇女がそれぞれ驚いてる。

魔法矢は絶え間なく降り注ぎ、マリィを殺そうとしてる。

『おいおいおいおい！　いつまで続くんだよ！』

「魔女殿……！！！！！」

いかに一本の威力がさほどなくとも、この数の矢をずっと受け続ければマリィといえど、死んでしまうだろう。

やがて……静寂が訪れる。

城の周りには森が広がっていたはずだった。しかし……。

『こ、荒野になってやがる……』

「草の根一本も生えてない……」

それほどまでに、マーサの展開した無数の魔法矢による攻撃が、凄まじかったのだろう。

さしものマリィも死んでしまった……。

『イヤちがう！　アレを見ろ！』

荒れ地の上にマリィが無傷で立っていた。

興味なさそうに周りを見渡して言う。

「これで全力？　冗談でしょ」

「「うぉおお！　魔女殿ぉ！　すげえええええ！」」

帝国の兵士たちが両手とともに喝采を上げる。

一方オセは首をかしげていた。

『あの数の魔法矢を、いったいどうやって防ぎやがったんだ……？』

「防いでないわ」

マリィは堂々と言ってのける。

「魔法を、書き換えたのよ」

『なに⁉　書き換えただと？　どういうことだ！』

「文字通りよ。魔法陣に指令を送ったの、マリィに魔法矢を当てないようにしろってね」

魔法陣には、どこに向かって、どのような魔法を当たるなどの、魔法に対する外部命令が刻まれてる。

マリィがやったのは、魔法陣に書かれてるその命令を、上書きすることだ。

「防壁で防ぐ、透過魔法でやりすごすにしても、あの威力の魔法矢をどうにかするには多くの魔力が必要だったわ。けど……」

『そうか、命令の上書きは魔法じゃあねえ！　魔力消費も抑えられるってことか！』

マーサはそれを聞いて、悔しそうに歯がみする。

さっきまでの余裕ぶった態度は、マーサから感じられなかった。

「……あんた、一度完成させた魔法の命令を、上書きするとか……どんだけレベル高いことやってるのか……わかってるの……？」

ギリギリ……と悔しそうにマーサが歯がみする。

それすなわち、自分にはできない高等技術ということだ。

「さぁ、興味ないわ」

しかしマリィは自分の使った技術がどれだけ高等テクだろうと興味なかった。

彼女にとって魔法とは、目的を達成するための手段でしかないのだ。

その技術がどれだけすごいかなんて、どうでもいいのである。

「くそ……くそがぁ！」

マリィが心の底から、興味なさそうにしてるのが、ムカついて仕方なかった。

広域展開だって凄い技術だ。

マリィに、どうだすごいだろうと自慢してやりたかった。

だがマリィはそれを上回る力を見せつけてきたのだ。

「ぜったいぎゃふんと言わせてやる……！」

マリィと相対する嫉妬の魔女マーサ。

魔法矢による攻撃は、すべて術式を上書きされ、キャンセルされた。

「死ね！　煉獄業火球《ノヴァ・ストライク》！」

『！　極大魔法を詠唱破棄でだと⁉』

オセが驚く一方、マーサの放った極大魔法がマリィに直撃する。

ドガァアアアアアアアアアアアアアアアアアアアアアアアアアン！

『詠唱破棄してこの威力……やはり魔女ってことか。すげぇ』

「詠唱破棄するとなにかちがうんですの？」

『ああ、詠唱を省略すると通常は威力と射程が墜ちるはずなんだ。だが、マーサのやつの魔法は、まったく威力が落ちてない』

しかし真に恐ろしいのは、極大魔法の一撃を受けても……服に焦げひとつすらついていない、マリィのほうだ。

『障壁を展開したのか？』

「だから、使う必要ないわよ。あんな弱っちい一撃で」

『んじゃあんたはどうして無事なんだよ？』

「それは……」

マーサがもう一度極大魔法、煉獄業火球《ノヴァ・ストライク》を放ってきた。

マリィは右手の人差し指で銃の形を取り、そして放つ。

「【石弾《ストーン・ザッパー》】」

びきき……とマリィの人差し指の先に、小さな石が出現。

それが凄まじい勢いで、前方に向かって照射される。

小指の先ほどの石弾は……。

しかし、極大の炎を穿って見せたのだ。

「どうなってるんですの⁉　魔法が消えましたわ！」

『恐らく魔法の核を打ち抜いたんだ』

「魔法の……核⁉」

『ああ。魔女さまがいってたんだが、魔法ってのは小さな核を作り、それを中心に肉付けすることで、自然現象を起こしてるんだそうだ』

裏を返せば、核が消滅すればそれに肉付けされていた魔法がほどける……という仕組みらしい。

マーサは戦慄の表情を浮かべていた。

「どうなってんのよ⁉　魔力の核は隠蔽魔法でわからないようにしてたのに⁉　それを正確に打ち抜くとか！　あり得ないわ！」

「あり得てるのだけど？」

「っとに！　ムカつくのよあんたってやつはぁあああ！」

マーサは異空間の穴を作り、そこに手を突っ込む。

そこから取り出したのは、一つの布袋だ。

マーサはそれを放り投げて、同じく石弾《ストーン・ザッパー》でぶち抜く。

袋が破けると、ドバッ……！　と中身がぶちまけられる。

「なんですのあれは⁉」

「あれは……砂糖です！」

リアラの質問にカイトが答える。

すんすん、と彼が鼻を鳴らしながら、確信を持ってうなずく。

「間違いないです！　あれは粉砂糖です！」

「で、でも……粉砂糖なんて何に使うんですの……？」

マーサの意図をリアラもカイトも図りかねている様子。

その間に、マーサが魔法を発動させた。

「有為転変！」

すると空中に、突如として巨大な何かが出現する。

『あれは……トロル！！！！』

トロル。巨人とも呼ばれる亜人型の魔物だ。

それが空から、無数に墜ちてくるのだ。

「トロル⁉　どうしてそんなのが急に⁉」

『！　わかったぜ！　マーサの野郎……有為転変で、砂糖を生物に……巨人に変えたんだ！』

マーサの固有魔法、有為転変。

生物から非生物、その逆へと自在に形を変える魔法。

ただしそれには、お菓子に限るという縛りが発生してる。

ようは、生物をおかしに、おかしを生物にという変換しかできないということだ。

しかし……。

『マーサはその【お菓子】の解釈を広げて、砂糖もお菓子ってことにしたんだ』

「！　つまり……あの粉砂糖をお菓子ってことにして、それを生物、トロルに変えたと!?」

粉砂糖一つぶ一つぶがトロルになっている。

凄まじい数の巨人が、雨あられとなってマリィに襲いかかる。

上空から巨大な存在が墜ちてくる。

それらをもし避けたとしても、巨人に囲まれて絶体絶命……。

「烏合ね」

ぱちんっ、とマリィが指を鳴らす。

するとトロルたちが一斉に消えた。

「なんですってぇ……!?　消えた!?」

マーサが思わず叫んでしまう。

「どうなってるのよぉ!?」

「そんなのもわからないの？」

「むきぃいいいいいいいいいいい！」

その様子を遠くから見てる、オセ一行。

リアラがオセに尋ねる。

「今のはどういうことですの？　一瞬でトロル魔法で消したとか？」

『いや……ちがう。魔女さまは魔法を解除したんだ』

「魔法の解除？」

『ああ、魔女さまは有為転変を解除する魔法を開発してただろ？』

有為転変を食らったクッキー兵士たちを、マリィは元に戻したことがあった。

『あの魔法を使っただけだ。有為転変は脅威だが、結局生物をお菓子に変えるだけ。あの解除の魔法が使える限り、魔女さまに有為転変を使った攻撃は通用しない』

「つ、つまり……？」

『通常の魔法でも、固有魔法でも、魔女さまのほうがマーサより実力で上回ってる……圧倒的格上ってこった』

マーサは完全にマリィに押されていた。

『力の差が歴然だ……』

魔女同士の戦いをながめ、オセがそういった。

カイトをはじめとしたオーディエンスたちも、マリィのその圧倒的な強さに驚愕していた。

「この！　くそ！　くそぉお！」

焦ったマーサが魔法を連発する。

業火、烈風、濁流、落雷。

次から次へと、魔法が繰り出される。

だがマリィは最小限の魔法……というか、ほぼ全ての魔法を石弾《ストーン・ザッパー》で打ち消していた。

『魔女さま……やべぇ』

「たしかに魔法を全部打ち消してるのはすごいな……」

『皇女さんよ、そうじゃあねえんだ。あの女の本当にやべぇとこは、そこじゃあねぇ』

リアラ皇女も、そしてカイトも、オセの言いたいことがわからないようだ。

『いいか？　あの魔女さまはよぉ、一度もデカい魔法を使ってないんだ。それで、魔女を……おれらからすれば凄い強い敵を、圧倒してるんだ』

「余力を残してる……ってことです？」

『そうだ。魔女さまはたぶん、マーサを一切脅威に感じてないんだ。必要最小限の魔力で、十分勝てる相手なんだって、相手の強さの【底】を見極めたんだろうな』

カイトはマリィを見ながら感想を述べる。

「たしかに……呪術王と戦ってるときとちがって、魔女さまからは余裕が感じられますね」

極東にいた呪術王アベノハルアキラ。

やっと戦う際、マリィは持ちうる技術をフル活用し、大魔法を連発して勝利を収めた。

あの戦いと比べ、今回の魔女VS魔女の戦いは実に地味だ。

マリィの使う魔法に多才さはなく、さらに魔力消費の激しい魔法は使っていない。

『転生後、どれだけマーサが成長したかわからなかった。だから最初は警戒してたように思える。でも力のボーダーを見極めた魔女さまは、もう不必要な力を使いすぎないように立ち回ってるように思えるぜ』

「す、すごい……！　帝国軍を壊滅に追い込んで、嫉妬の魔女をまるで赤子扱いだなんて……！」

『ああ、あの魔女さま、普段の言動があれだけど……』

オセ、そして観客たちは確信を持って言う。

『「「魔女さまは、強い……！」」』

マリィが強いのは疑いようもない事実だった。

マーサの脅威は、帝国軍人たちは嫌というほど味わってる。

下手したらあの少女に帝国を潰される危険性すらあったのだ。

だが今はどうだろう。

「こんのぉお！　死ね死ね死ねぇえええ！」

マーサの放つ魔法はどれ一つとして、マリィに当たらない。

それどころかマリィは……。

「チョコレートうまうま」

『「「チョコレートフォンデュ片手に戦ってる……⁉」」』

カイトが作ったチョコレートフォンデュに手を突っ込んで、チョコレートを直接すすりながら
……。

逆の手で石弾《ストーン・ザッパー》を発動させてる。

「文字通り片手間……！」

『あの女、生のチョコレート手で掬って飲んでやがる……糖尿病にならねえのかあれで……』

もはやこれは戦闘といえるのだろうか。

マリィはぺろぺろと、片手でチョコレートなめ回しながら、片手でばんばんと魔法を打ち落としていく。

「馬鹿にしやがって馬鹿にしやがってぇ〜〜〜〜〜〜〜〜〜〜〜〜〜〜〜〜！」

「なんだか不憫に思えてきました……」

ついこないだまで恐るべき魔女にしか見えなかったのだが……。

今では年上姉にかまってもらえなくて涙を流す、幼い妹にしかみえなかった。

『まあ、でもそろそろ決着がつくと思うぜ？　ほら』

「！　魔法の威力が弱まってますね」

『小僧の言う通り。魔力切れだ……にしても、あの魔女さまもえげつないことしやがる……』

マリィは世界で唯一、食べることで魔力を回復させられる技術を持ってる。

あの一見すると相手を舐め腐ってるような態度（チョコ舐め）は、実は魔力補給してるのだ。

一方、マーサはそれを知らないし、できない。

ようは、マーサは一方的に魔力を消費するかたわら、マリィは魔力を回復しながら、最小限の消費魔力でマーサを圧倒してるということである。

『大人げねえ……そんな都度回復なんてしなくても、あんたなら勝てる相手だろうに』

「小腹が空いたからね」

『魔女相手に戦って、魔力を消費してるはずなのに、小腹レベルですんでるのか……まじですげえなあんた……』

やがて……マーサは完全にガス欠を起こす。

大汗をかきながら、肩で息をしていた。

「こ、のぉ……」

「落雷《ショック・ボルト》」

マリィは綺麗なほうの人差し指を前に出し、片手のチョコをペロペロなめながら……魔法を放った。

閃光が走る。

「ぎゃふん……」

目に見えない雷の一撃をうけてマーサは気絶。

「な、なんともあっけない終わり方でしたわね……」

『そう見えるのは、マリィがそれだけ、マーサと比べて格上だったたって証拠だよ』

「なんにしても……魔女さまはすごい！」

☆

マリィは落雷《ショック・ボルト》一発で、マーサを撃破して見せた。

倒れ伏すロリ魔女を見つめながら、リアラ皇女が呆然とつぶやく。

「あ、あんな凄い化け物魔女が、あんな……静電気みたいな一撃で、倒れるなんて……」

端から見れば、そう見ていたのだろう。

だが悪魔オセは首を振って言う。

『たしかにあれは、初歩の魔法、落雷《ショック・ボルト》。相手を麻痺させる状態異常魔法だ。攻撃魔法ですらない一撃だ』

「状態異常……つまり、攻撃力はないと？」

『ああ。だがあれのすげえとこは、魔法障壁をぶち破ってるところだ』

「障壁……？」

『ああ、隠蔽されていたが、マーサの体には幾重にも、敵の攻撃を防ぐ障壁が張ってあったんだよ』

魔法への適性がない一般人からしたら、なんのことかさっぱりだろうが。

しかし魔法適性の高い悪魔である、オセには見えていたのだ。

マーサを包み込む、障壁が。

『あの何十何百にも張った障壁を、あんな初歩の状態異常魔法で、貫通できるわけがないんだ』

「すごいことってことです？」

『そのとおり。恐らくマリィは、魔法障壁の隙間をぬって、攻撃を当てたんだろう』

「隙間……」

『魔法障壁には、わずかだが隙間が存在する。その隙間を全部ぬって、敵に落雷《ショック・ボルト》を当てたんだ。針穴に糸を通すのを、何十何百回もやってのけたっていえばわかるかな。しかも、たった一度で』

そう言われると、魔法に疎いリアラでも、マリィのすごさが伝わってきた。

障壁をぶち破ったのではなく、障壁の構造を見抜いた上で、その穴を全部穿いてきたのだ。

力業での破壊よりもテクニカルな所業であった。

「魔女殿、すごい！」

「魔女さますごいですー！」

わっ……！　と帝国の兵士たち、そしてカイトが笑顔でマリィに近づく。

マリィはみんなに抱きつかれ、もみくちゃにされながらも……。

チョコレートフォンデュに、惜しむような目を向けていた。

恐らくもっとチョコレートぺろぺろしていたかったのだろう。

『ちなみに、あんなテクいことしたのって……？』

「消費魔力を抑えたかったからよ。大魔法で突破だと、その分お腹すいちゃうからね」

『ああ、そんなこったろうと思ったよ……』

すごいんだか、すごくないんだか、よくわからない……。

けれど、やっぱり凄い、魔女なのだと、オセは思うのだった。

☆

マリィがマーサを撃破した、一方その頃。

ゲータ・ニィガ王国。

王城の地下牢では、マリィの妹グリージョが捕まっていた。

「くそぉおお……ちっくしょぉおおお……」

グリージョは小汚い牢屋の隅っこ、ベッドの上で三角座りしている。

衝動的に髪の毛をむしった結果、ベッドには抜け毛が落ちていた。

何度も何度も、グリージョは繰り返し怨嗟の言葉を口にする。

「マリィぃい……あの女のせいで、こんな目にあったんだぁ……許せない……許せないぃいいい……」

別にマリィがグリージョをおとしめたわけではない。

自分の力を見誤ったのがそもそもの間違いだった。

途中で、グリージョはマリィの影響に気づいていた。

姉が居たからこそ、自分の力は増幅されていたのだ。

そこで、自らが劣ってることを認め、姉に対して謝罪すれば、こんな牢屋に捕まることはなかったものを……。

「それもこれも、全部マリィのせいだわ！　くそっくそっくそっ！　アタシのこと心の中では馬鹿にしやがって！　ちくしょぉお！　ちくしょぉおおおおおお！」

グリージョのなかでは、マリィは力を持ちながら、それを隠していたというストーリーができあがっていた。

姉は自分を内心見下していたのだと……。

「くそくそくそ！　なんであんなやつに力が！　アタシの方がすごいのにっ！　あんなやつになんで力があって、どうしてアタシにはないのよぉお！」

負の感情がグリージョの中で蓄積されていく。

妬みそねみ……。

マリィにたいする、強い感情がため込まれていく。

そして、グリージョの体に付与されていた、術式が……。

マーサの敗北をきっかけに、発動する。

『力が欲しいか……？』

誰かがささやく。

周りを見渡しても、誰もいないことに気づいた。

「だ、誰……？」

『力が欲しいか？　あの魔女を凌駕する、力が』

「！」

マリィのことを言ってるのだと、グリージョは直ぐに気づいた。

姉を凌駕する力……。

「ぜひ、欲しいわ！」

姉が強いなんて認められないグリージョは、その悪魔のささやきに、耳を貸してしまった。

突如、激しい吐き気がグリージョを襲った。

「な、なにこれ……うぷっ！」

グリージョは吐き出してたまるものかと、口を押さえる。

だが……体の毛穴から、ドバッ……！　と何かが吹き出した。

「な、なにこ……おえええええええええええ！」

口からも吐き出たのは、どす黒いなにか……。

否、よく見ればそれが、泥であることがわかる。

汚泥。そう表現するほかない物体が、次から次へと吐き出されていく。

汚泥は石の地面をじゅうじゅうと焼く。

どうやら強い酸性のようだ。

グリージョの体から吹き出した汚泥はあっという間に牢屋の外に漏れ出る。

「な、なんだ⁉」「牢屋からこれは……泥？」「いぎゃあ！　足がぁ……！」

異変に気づいた騎士たちが、すぐさまグリージョの牢屋の前へとやってくる。

……その頃には、グリージョはすっかり変貌していた。

「な、なんだこの、化け物はぁあああああああああああ⁉」

その姿をマリィが見たら、これ見覚えあるわ……と言ったことだろう。

そう、蓬莱山の守護者である、ロウリィと同じ……泥の化け物の姿になっていたからだ。

ただし。

ロウリィのときとちがって、グリージョの場合は原型をとどめていない。

ロウリィの場合は竜の姿がかろうじて見えたが……。

グリージョの場合は、止めどなくあふれ出る泥のせいで、人間の形をしていない。

泥から巨大な顔と腕が這い出てるような、そんな奇妙なモンスターの姿となっていた。

『い、いやぁあ……いやぁああああああああ！　こんな醜い姿は、いやぁあああああああああああああああ！』

……だがその泣き叫ぶ姿からは、かつての美しいグリージョの姿は見られない。

醜い化け物が、雄叫びをあげてるようにしか、見えないのだった。

五章

嫉妬の魔女の固有魔法、有為転変によって、グリージョは泥の化け物になってしまった……。

だがロウリィのときとは、少し異なる特性を持っているようだ。

「な、なんだこの泥……体がひっぱられて……う、うがあああ！」

「し、沈むぅうううう！」

「ひぃいい！　溶ける！　溶けてくぅうう！」

次から次へと湧き出る、汚泥。

それは城の中、そして外へと広がっていく。

その泥に少しでも触れると、体が泥の中へと引き寄せられる。

そう……他者を吸収しているのだ。

汚泥は人を吸収し、どんどんと大きくなっていく。

食べて、太り、また食べて……と泥の化け物は体積を増やしていく。

いつしかグリージョを閉じ込められていた地下牢は、限界を迎えて崩壊。

次第に大きくなる化け物の体。

それは膨らんでいく風船のようである。

地下の壁や天井をぶち破り、地上へと進出する。

「な、なんだぁあああああ！」「ひぃぃい！」「に、にげろおぉおおおお！」

城にいた騎士たち、そして王の臣下たちはパニックを引き起こしていた。

誰もがこの異形の化け物を前に、恐怖を抱き、逃げるほかなかった。

あふれ出た泥は万物を取り込んでいく。

取り込まれた先に何があるのか不明だ。

だが凄い速度で膨張していくその姿は、人を食らって成長する、魔物に見えてしまう。

そうなると、食べられないよう、化け物から逃げようとするのは当然のリアクションといえる。

「こ、ここはおれが足止め……ぐああああああ！」

「こんなのどう止めろっていうんだよぉお！」

泥の化け物の体は、泥でもある。つまりは液体だ。

襲い来る大量の液体を、物理的に防ぎようがない。

土嚢を積み上げて……などと考える精神的余裕はない。

今のグリージョの、おぞましい姿を見て、誰もが恐れおののく。戦意をそがれた人たちは、ただ逃げ惑うだけ。

逃げても、泥の化け物に捕まって食われてしまう。

さらに大きくなった化け物が、人を、建物を、次から次へと食べていく……。

「あ、あの化け物には、聖女さましか太刀打ちできないぞ！」

「だ、だが……グリージョ様は偽物の聖女だった！」

「しかもそのグリージョ様本人が怪物化したらしいぞ！」

「なんだそれはぁ！」

聖女の浄化の力で、いっきにこの泥を消すしかない。

だがグリージョ本人が化け物になってるし……そもそも、無事だったとしても彼女はこれを浄化できるほどの、強い法力は持ち合わせていない。

城がやがて、まるごと飲み込まれる。

あふれ出た泥は王都へと侵食を開始した……。

☆

泥の化け物へと変貌した、マリィの妹グリージョ。

地下牢をぶちやぶって、彼女は地上へと進出した。

囲いを失ったことで、泥は無際限に広がっていく。

「ぎゃあああ！」「ひぃいいい！」「た、たすけ……あああああ！」

逃げ惑う王都の人たち。

だが彼らに逃げ場はないのだ。

なぜなら……。

「外に出してくれ！」「ナンデ門を閉めてるんだぁ！」「あけろよぉお！」

騎士たちは頑なに門を開けない。

「駄目だ！　今外には魔物が押し寄せてきているのだ！」

そう……なんと間の悪いことに、今はモンスターパレードの真っ最中なのである。

マーサの影響でモンスターたちが、元いた場所を追い出され、人里へと降りてきたのである。

マリィがこないだある程度魔物を討伐したとは言え、しかしまだまだ魔物は生息してる。

王都の中では泥の化け物が、外からは魔物が押し寄せてる。

内外からの危機の到来に、王都の人たちはパニックを起こしてる。

「うえええええん！　うえええええええん！」

「もう、おしまいじゃあ……」

「いやぁああ！　死にたくないぃいい！」

老若男女、誰もがこの状況を打破してくれる存在を待ち望んでいた。

「聖女さまぁ！」「たすけて聖女さまぁ！」「なんで聖女様が出てきてくれないのぉおお!?」

だがどうにかできる唯一の存在、聖女自身が化け物になってしまってる状況。

泥の化け物が王都外壁の際まで、やってくる。

王都の建物は化け物の泥に沈んでいる。

人も建物のも、全ては化け物の腹の中だ。

「もう……逃げ場がない……おしまいだぁ……」

一か八か外に出ても、大量の魔物に体を食いちぎられるのが関の山。

もう……万事休す。誰もが死を覚悟した……そのときだった。

ビョォオオオオオオオオオオオオオオ！

突風が吹き荒れ、泥の化け物が空中へと舞い上げられる。

「な、なんだ……？」「なにこれ竜巻……？」「どうして急に竜巻なんかが……」

そして、王都の民達は気づいた。

救世主の、到来に。

「！　み、見ろ！　あそこだ！　ホウキにまたがってる……人は……！！！」

つい先日、王都の危機を颯爽とあらわれて、王国民たちを助けたという……。

「「魔女さま！！！！」」

魔女マリィが、蓬莱山から王都へとやってきたのだった。

☆

マリィは蓬莱山を出て、下界へと戻ってきた。

すると地上では、大量の泥におかされた王都の街が広がってる。

「魔女様だ！」「あのお方なら我らをお救いくださる！」「た、たすかったぁ……！」

王都民たちは全員が、マリィが助けてくれることを期待していた。

しかし彼女のホウキの後ろにしがみついてる、カイト、そしてオセ。

特にオセは、この状況でマリィに救いを求める、王都の民たちに同情のまなざしを向けていた。

『かわいそうに、このエゴイストが、理由もなく人助けするわけないってのによ……』

そう……前回は魔物を食べるという目的があったからこそ王都を掬った。

しかし今回はそれがない。

しかも相手は泥の化け物。

戦って勝ったとて、食べられるわけがない。そんな魔物をマリィが倒すわけがないのだ。

『魔女様、帰るんだろどーせ。下の騒ぎなんて無視してよ』

さすがに魔女との付き合いもそこそこ長くなってきたため、マリィがどういう考え方をするのか、オセはわかっていた。

だからこそ……。

「いえ、助けるわ」

『は、はぁああああああ⁉』

オセは、驚愕した。

マリィが、あのエゴイスト魔女がである。

食べ物が絡んでいないのに、人助けするといってきたのだ。

カイトは「さすが魔女様です！」といつも通り、マリィが人を助けるのだと思って言う。

だがオセは違うのだ。

マリィがそもそも、基本的に誰かのために戦うことなんてあり得ないことを、知ってる。

呪術王のときでさえ、彼女にはお寿司を食べるという動機があったからこそ、戦っていた。

だが今回はそういう、動機（食べ物）が存在しない。

『ど、どうしたんだよ、あんた。頭でも打ったのか？』

「落とすわよ、こっから」

マリィはホウキの上に立ち、接骨木《ニワトコ》の杖を取り出す。

「カイト、オセ。あなたたちは王都の民をあの泥から守りなさい。私はあの泥をなんとかするわ」

「わっかりました！　いきましょ、オセ様！」

カイトはオセを抱っこすると、ぴょいっとホウキから飛び降りる。

オセたちが降りたのを確認してから、杖を振る。

魔法陣が出現すると、そこからマーサが降りてきた。

「おい」

「むにゃむにゃ……」

「落雷《ショック・ボルト》」

「ほぎゃぁあああああああ！」

女の子が出してはいけない声を出す、マーサ。

「何すんのよ⁉」

「あんたの術式でしょ、あれ」

マーサの首根っこを掴みながら、あごでしゃくって、地上の泥を指す。

マーサは「ああ……そうね」とうなずく。

「解除しなさい」

「無理。一度発動させたら、触媒が死ぬまで泥を発生させ続けるっていうしばりで発動させてる術式だから」

「……ちっ。無能が」

「なんですって！」

ぱ……とマリィが手を離すと、マーサが地上へと墜ちていく。

「ふぎゃぁああああああああああああああ！」

ぴた、とマーサが一瞬、空中で止まる。

マリィが魔法で、宙づりにしているようだ。

「オセとカイトを手伝いなさい」

「な、なんでアタシが……」

「このまま頭から墜ちて死にたいの？」

「ひぃい！　手伝いますううう！」

マーサを恐怖で従わせることに成功したマリィは、目を細めてつぶやく。

「……ほんと、手がかかるんだから」

そのつぶやきを聞いた者は誰もいなかった。

マリィが、【とあるもの】を見つめて、言っていたことも。

☆

マーサはマリィに半ば脅されて、彼女の手伝いをさせられる羽目となった……。

「アタシゃーよ、手伝いなんて……！」

王都の外壁内側にて。

マーサはプリプリと怒っていた。

「なんであの馬鹿の手先みたいなことしないといけないのよ……！」

マーサはマリィに敗北した。

それが悔しくてたまらなかった。そんな精神状態で、手伝いだと？

「冗談じゃあないわよ！　アタシは帰らせてもらう……」

『まあまあ待てや』

黒猫オセが、マーサの肩の上に乗っかる。

『マーサよ。あんたの気持ちはよーくわかる。あのエゴイストに、いいように使われるのはそりゃあもうムカつくってもんだ。なあ？』

「そうよそうよ！　って、あんたあいつの仲間じゃあなかったの？」

『仲間だけど……仲間ではない。どっちかっつーと立場はあんたとおなじだ』

「へえ、そうなんだ」

『ああ、んでよ。マーサ。ここでマリィの命令を無視して、帰ってみろ？　どうなると思う？　あの女……許すと思うか？』

マーサは少し考える。これでこっそり逃げたとしても、魔力の痕跡を追ってくるに違いない。

そうして、何故自分の命令に背いたのかと怒り、そして……。

『消し炭。それか、あんたが帝国兵たちにしたように、お菓子の兵隊にされて、バリバリ食われちまうかもなぁ』

ちょっと脅すような言い方をするオセに、ぶるるる……とマーサが身震いする。

『ここは一応従うふりした方がいいぜ。逃げるのはそのあとでいい。あんた魔法が使えるんだから、外の魔蟲くらい余裕だろ？　それとも……』

オセがにやりと、ちょっと嘲るように笑って言う。

『マリィが簡単に倒せた魔蟲だが、マーサさんは倒せないっていうのかいね？』

「むっかー！　倒せるに決まってるでしょ⁉　アタシをなめるなよ！」

マーサは口にくわえている棒キャンディを抜いて、さっ、と振る。

するとマーサの背中に飴細工でできた翅が生える。

マーサの体が浮くと、外壁を一瞬で飛び越える。

残されたオセは、やれやれ……と疲れたようにため息をつく。

『どいつもこいつも、扱いにくくて仕方ねぇわ』

「ふふ……オセ様は優しいですね。王都を守るために、マーサ様を説得してくださるなんて」

『ちっ！　勘違いすんじゃあねえぞ。おれはべつに人間なんてどうでもいいんだ。ただ、魔女のやつがおれのところに、マーサを放り投げてきた。あれの管理はおれに任せるっつーことだ。つまり、やつが逃げるとおれにとばっちりが来るんだよ……って、なんだよ、笑いやがって』

「いえ！　さすが、魔女様の相棒だなって思いまして！」

二人ともツンデレだなぁ位のニュアンスで、カイトが微笑ましいものを見る表情になる。

ちっ、とオセが舌打ちする。

『おれたちは外壁内側の、パニクってる連中の非難だ。おれがスペースを確保するから、小僧が住民どもを誘導して来いよ』

「はい！」

☆

マリィは王都上空にいた。

マーサがおとなしく外壁外へと出ていく姿を見て、マリィが感心したようにつぶやく。

「やるじゃあないの、あのクロネコ。ただの猫じゃあないのね」

まあオセは猫ではなく悪魔なのだが……。

「さて、じゃあ私は自分の仕事に専念しようじゃあないの」

マリィが眼下を見下ろす。

王都には汚泥できた巨人が立っている。

禁書庫の番人ロウリィにほどこしたのと同じ魔法、有為転変が使われてるのだろう。

「大解呪」

マリィは蓬莱山で身に着けた魔法を使う。

あらゆる呪いを解除する魔法なのだが……。

ばしゅうぅ！　という音とともに、魔法が発動しなかった。

「ふぅん……ちょっとはやるじゃあないの」

『オ、オロオロオオオオオオオオオオオオオオ！！！』

おぞましい化け物の叫び声。

声のするほうを見やると、泥の巨人がマリィめがけて、腕を振るってきた。

マリィは結界魔法でそれを防ごうとする。

バキィイイイイイイイイイイン！

結界が粉々に砕け散ってしまった。そのままマリィを張り倒そうとしてくる、が。

マリィは乗ってる箒を操作すると、敵の一撃を華麗によけて見せる。

「なるほどね……そういう仕組み」

『ちょっとちょっとちょぉおっとあんた！　何やってるのよ！』

そのとき、マーサのやかましい声が聞こえてきた。キョロキョロと見回すと、マリィの魔女帽子の上に、蝶々が留まってるではないか。

マーサの使い魔だった。そこから、マーサは五感情報を共有し、声を送ってるようだ。

『何あんなのに苦戦してるのよ！』

「作ったのはあなたではなくて？」

『きっかけを作ったのはアタシ、だけど。でも、あの力はアタシが施した術式じゃあないわ』

術式。魔法の設計図のようなもの。ここに魔力を流すことで魔法が発動する。

そう、魔法なのだ。

「わかってるわ。あの術式はグリージョが生まれつき持ってるものでしょ？」

『そ、そうなの？』

「ふぅ……」

魔法の知識がなさすぎて、マリィはこの女が、自分と同じ魔女というカテゴリーにされてるのが、嫌な気持ちになった。

「多分グリージョには魔法使いの才能があったのね。あれは、すごい術式よ。そうね、名付けるなら【魔法錬成】かしら」

『ま、魔法錬成……？　どんな魔法なの？』

「敵の魔法を分解し、自らの魔力に変える魔法ね」

『んな!?　なにそれ！　それって敵の魔法を解呪《ディスペル》するだけじゃあなくて、その魔力すらも吸収できる……一つで二つの効果を持った魔法じゃあないの！』

マーサが驚くほど、その魔法は高度なものだった。

だからこそ、マリィは確信をもって言う。

「今わかったわ。グリージョは、この世界において、高い魔法適性を持っていたのね。だから、法力が弱かった」

法力。法術（治癒魔法）を使うための力。

マリィもこの法力がよわかった。が、それは、マリィに絶大なる魔法の才能があったからだ。

「どうにも法力と、魔法って相反するようね」

法力の才能が高いと魔法がうまく扱えない。

逆に、法力の才能がないと、魔法適性が高いといえた。

『じゃあグリージョって子は、世が世なら、すごい魔法使いになってたってこと？』

「そうなるわね。まあ、その才能も、馬鹿に利用されて暴走させるようじゃあ、意味ないけどね」

マリィは少し、ほんの少しだけ……顔をゆがめた。

何か痛ましいものを見るような目だと、カイトやオセが近くにいたらそう指摘していただろう。

だがマーサは気づかなかった。

マリィがなぜ、この食べられない相手と戦うのか。

『で、どうするのこれから？　あの化け物は、アタシの魔法で暴走したグリージョ。あの化け物に解呪の魔法をかけても、グリージョの術式魔法錬成によって、こっちからの魔法がキャンセルされちゃう』

グリージョが現状を説明する。

『なにお手上げ？　じゃあアタシの勝ちってことで』

「ふん、馬鹿言ってるんじゃあないわ。あなたごとき、雑魚に負けるものですか」

マリィは杖を手に取って、泥の化け物となったグリージョを見つめる。

「かかってきなさい、グリージョ。最初で最後の、姉妹喧嘩、しましょ？」

☆

マリィは王都上空にて、泥の巨人となったグリージョと相対してる。

グリージョには魔法の才能があった。

魔法錬成。その特別な術式のせいで、マリィの魔法攻撃は一切通じない。

『オロロロロオォオオオオオオオオオオオオオオン！！！！！』

どばっ！　と泥が津波となってマリィに押し寄せてくる。

マリィは……その場から動かなかった。『なにやってのよあんた！　死ぬわよ！』

「平気よ。だって……」

パンッ……！　と泥が弾き飛んだ。

『なんで⁉』

「来たわね」

マリィの前には一匹の、美しいフェンリルが現れていた。

赤い毛皮のフェンリルに……マーサは驚く。

『フェンリル⁉　なんでこんなところに、どうして突然⁉』

「私の料理人よ」

『あの犬っころが⁉』

王都民の非難が完了したらしく、カイトが応援にかけつけてきたのだ。

マリィはカイトの頬をなでる。ぐるるう……と彼は気持ちよさそうに喉を鳴らした。

『フェンリルを飼い慣らすとか……やばすぎでしょ……』

「カイト。泥の攻撃は、さっきみたいに防いで。できるわね？」

こくん！　とカイトが強くうなずく。

泥の巨人が再び、泥の津波を発生させて襲ってきた。

だがカイトはマリィを背中に乗せる。

そして……。

「アオォオオオオオオオオオオオオオオン！」

大気を鳴動させるほどの咆哮。

空気の塊は、泥の巨人が発生させた津波をかき消した。

『なっ⁉　また泥をかき消したですって⁉　どうなってるの、魔法はきかないはずなのに！』

驚くマーサをよそに、マリィは粛々と【準備】をすすめる。

杖を構えながら言う。

「カイトの咆哮は魔法攻撃じゃあないわ。単に叫んだだけ。それが空気の塊となって放出されて、泥を物理的にはじいただけ」

魔法での防御は泥に触れただけでキャンセルされてしまう。

だから、物理的に泥を弾き飛ばした、という次第だ。

『な、なるほど……』

「なんでもかんでも魔法で解決しようとしてるようじゃ、二流よ」

『う、ぎ、ぐ、あぁああああああ！　腹立つぅううううう！』

マーサはマリィに魔法戦で敗北してる。マリィのほうが魔法使いとしての格が上ということが決定づけられたため、何も言い返せなかった。

「それより、あなた自分の仕事ちゃんとやってるの？」

『やってるわよ！　魔蟲どもを一切近づけさせてないわ！　あんたこそぼうっと突っ立って何もしてないじゃあないの⁉』

「ふっ」

マリィが小ばかにしたような表情をとり、マーサがさらにぶちぎれる。

『なによぉお！』

「やはり二流ねと思って」

泥の巨人は次に、その巨大な腕で地面をたたき割った。

石畳が砕け散って、その破片がマリィたちめがけて飛んでくる。

「カイト。よけなさい」

カイトはマリィを背中に載せると、華麗にそれを避けて見せた。

たんたんたん！　と石畳の上をジャンプして回避する。

『で、結局なにしてるのあんた？』

「すぐわかるわ。……よし、完成。カイト！　私をあの泥の巨人の頭上へと連れてきなさい」

カイトはうなずいて、石畳を強く蹴り、天高くへと跳ぶ。

マリィはカイトの上に立ち、杖を構える。

『魔法⁉　いや通じないわよ！』

「違うわよ」

マリィが杖を構えると、泥の巨人の頭上に巨大な魔法陣が展開する。

そして……マリィは杖をぱっと、手放した。

杖は魔法陣の上に突き刺さると……。

パリィイイイイイイイイイイイイイイイイイイイイン！

『魔法陣が砕け散った⁉　まさか、術式を破壊したの⁉』

「五十点。正確には、術式を中和したの」

杖の中に、グリージョの術式を破壊する術式を組んでおいた。

それを、杖を突きさすことで、相手の術式を中和した。

『な、なるほどっ！　あーはいはい！　そういうことね！』

あせあせ、とマーサが言う。どう見ても理解してる様子ではなかった。

「これで仕舞ね」

『オロロオオオオオオオオオオオオオオオオオ！！！！！』

巨人を構成する泥が、一斉にマリィに襲い掛かってくる。

だがマリィは冷静に、魔法を発動させた。

『そ、そうか！　相手の魔法を錬成する術式が解除されてる今なら！　魔法が通る！』

「そのとおり。大解呪！」

瞬間、泥の巨人を構成していた汚泥が、一気に、きれいさっぱり消え去った。

あとには全裸のグリージョが、空中に現れる。

自由落下していくその女を……。

ふわり、とマリィは抱き留めて、そして異空間から毛布を取り出し、妹の体にかけてあげた。

ふぅ、とマリィがため息をつく。

「これにて、一件落着ね」

☆

マリィは暴走する泥の巨人を、元の姿に戻した。

その後、マリィは修復魔法を使用し壊れた建物を治す。

「マーサ。そっちの首尾は？」

マーサに、王都外壁外の魔蟲の相手をさせていたのだった。

『も、もうちょっとで全滅させられるわよ！』

ぱちんっ。

ドガァアアアアアアアアアアアアアアアアアアアアアン！

……マリィの発動させた、多重極大魔法により、外にいる魔蟲どもは一瞬で灰燼《かいじん》と化した。

『あ、あんた……！　こんな楽に全滅させられるなら、さっさとやりなさいよ！』

「うるさい」

やろうと思えば外の雑魚なんて、ワンパンできるのだ。ただ、泥の巨人の相手に、意識を割いていたので、それができなかっただけである。

『よぉ、魔女様』

「オセ」

すちゃ、とマリィの肩の上に、いつの間にか黒猫オセが乗っていた。

「王都の人たちは？」

『安心しな。皆無事だ』

「あら、そ」

外の魔物は倒したし、王都は元通りになった。

『死者ゼロ、パニック起こした王都民が少しけがしたけど、まあかすり傷みたいなもんだ。あんだけの危機を、この程度の被害で抑えるなんて、さすがだな、魔女様よ』

ちなみに泥に取り込まれた人たちは、マリィが大解呪した段階で、泥の外に放り出されていた。みな無事である。

「これくらい余裕よ」

『そっかい……んで、その女どうするんだ？』

マリィの腕の中には、グリージョが眠っている。

あとはこの女の処遇だけだ……。

「いたぞ！　マリィ様！　いや、偉大なる魔女さま！」

地上を見やると、王太子のルグニスが兵士たちを連れて、マリィたちの眼下に集まっていた。

「ちょうど良いわ。カイト、地上へ降りなさい」

フェンリル姿のカイトがうなずくと、ゆっくりと地面に降りる。

マリィがカイトから降りると、ルグニスはニコニコしながら、手をこすりながら、近寄ってきた。

「いやぁ！　さすが偉大なる魔女様だ！　私はわかっていたよ！　あなた様の秘めたるポテンシャルを！」

『うわ……調子の良いやつだなこいつ……』

マリィのことを無能だと馬鹿にしておいて、この言い草である。

マリィは特に気にした様子もなく言う。

「どうも」

「うむうむ……む！　そやつは……悪女グリージョではないか！」

ぴくっ、とマリィのこめかみが少し動いたことに……オセだけが気づいた。

「犯罪者を捕まえてくださったのですね！　ありがとうございます！　さっ、その馬鹿女をこちらに……うぎゃあああああああああ！」

マリィは魔法で突風を吹かせる。

ルグニスは情けない声を上げながら、吹っ飛ばされた。

「な、なにを……？」

「犯罪者？　勘違いしないでちょうだい。この子は何もしてないわ」

「え、し、しかしこやつは、力のないくせに、大聖女だと偽って、あなたを追放した。それだけでなく、今回の王都の騒動を引き起こした、張本人だと聞く！」

泥の巨人の正体がグリージョであること、牢屋近くにいた衛兵たちが目撃してる。

「あなた、二つ誤解してるわ」

「ご、誤解……？　二つ……？」

マリィが指を立てる。

「一つ。グリージョが増長したのは、私が強化魔法をかけていたから。嘘をついていたのではなく、知らなかったのよ」

途中から、マリィの付与のおかげで、自分が強くなっていたのだと気づいたのだが……。

しかし、最初の段階では、グリージョはマリィの付与魔法に気づいていなかった。

「私が、強化付与してたことを、この子に告げなかった。だから、気づかなくて当然」

「つ、つまり……力を偽っていたことについて、グリージョに非はないと、言いたいのですか？」

「そのとおりよ」

ルグニスは困惑していた。グリージョが、マリィに酷いことをしたのは事実。グリージョのせいで婚約破棄＋追放される羽目になったのだから、当然だろうと。

周りの連中も同様に、マリィがグリージョをかばったムーブを見せて困惑していた。

……ただひとり、オセだけは『ああ、そういうことね』と納得していた。

「次に、泥の巨人について」

「そ、そうだ！　あの巨人はグリージョだった！　つまり、グリージョが悪い！」

「それについては……」

ぱちんっ、とマリィが指を鳴らす。

魔法が発動し、マリィの隣に、嫉妬の魔女マーサが召喚される。

「え、え、な、なによ⁉」

「犯人はこいつ」

「はあああああああああ⁉」

マリィがマーサを指さして告げる。

「この馬鹿な女が、グリージョに魔法をかけた。結果、グリージョは望まない形で巨人となり、そして暴走し、迷惑をかけた」

つまり、とマリィが言う。

「王都の騒動の原因は、この嫉妬の魔女（笑）とかいう痛い女の馬鹿な行いのせいであって……グリージョは、巻き込まれただけ」

「た、確かに……」

よって、とマリィが締める。

「グリージョは犯罪者じゃあない。でしょ？」

ざわ……ざわ……と周りが困惑する。ルグニスも、ここまで言われると、返す言葉がなかなか見付からなかった。

ダメ押し、とばかりにマリィが言う。

「グリージョの罪を、いっさい不問にするというのなら……そうねえ、こっちは追放されて、婚約破棄までされたことについては……不問にしてあげる」

ルグニスは一つ恐れてることがあった。

マリィに酷いことをした、それによる王国への報復。

しかしグリージョを許せば、それも許すという。

「あなたは……どうしてそこまでして、妹をかばうのだ？」

困惑するルグニスが、そう尋ねる。

「かばう？　何を勘違いしてるのかしら」

ばさっ、とマリィが黒髪を払いながら、言う。

「勘違いしないでちょうだい。別に、グリージョのためじゃあ、ないんだからね」

マリィはいつも通り、そういう。

それは、勘違いではない。いつものではない。

本当の……ツンデレだった。

「とにかく、私は私のために行動しただけ。誤解を解いたのも、あとで変な難癖をつけてもらいたくないだけ。そのマーサの処遇はそっちに任せるわ。あと、グリージョのことも」

マリィはグリージョを地面に置く。

そのとき、マリィは気づいた。

「ごめん……なさい……お姉様……」

グリージョは、泣いていた。多分途中で起きていたのだろう。

マリィは小さく息をつくと……。

誰にも聞かれないように、小さく……本当に小さな声で言う。

「……勘違いしないで。家族《あんた》のためなんだからね」

ぺちん、と指で額を弾くと、マリィはカイトに乗って、颯爽と去って行く。

そして、しばらくして……肩の上に乗っていたオセが言う。

『なーんだ、結局ツンデレかよ。素直じゃあねえなあ、ええ？　お姉ちゃん？』

ニヤニヤ笑うオセに、ふん……とマリィは鼻を鳴らすだけで、反論しなかった。
どうして、マリィがここにきたのか。自分に関係ない騒動を治めたのか。
その答えは……まあ、そういうことなのだ。
こうして、嫉妬の魔女が引き起こした騒動は、これにて全て終了したのだった。

エピローグ

マリィが王都の騒動を収めたあと……。

隣のマデューカス帝国、皇帝は、謁見の前にいた。

「それでリアラよ。その後はどうなった？」

「は！　ご報告いたします、父上」

帝国、王国全域で発生していた魔物の大量発生は、ピタリと止まった。

また、帝国上空に出現していた蓬萊山は、綺麗さっぱり消えていた、と。

「オセ……魔女様の従者曰く、魔物大量発生は、蓬萊山出現が原因だったそうです」

「なるほど……では、島が消えた影響で魔物の活動が沈静化したと」

蓬萊山は記述によると、そう頻繁に表舞台に出るものではないらしい。

皇帝は、ふぅう……と大きく息をついた。

「これにて一件落着か。して、我が国を救いし大英雄殿は、いずこに？」

リアラが少しさみしそうな表情をしながら言う。

「ことの顚末を完結に説明したあと、引き留める我らを置いて去っていきました。去り際に、『勘違いしないで。あんた達のためじゃあないんだからね』と」

リアラ、そして皇帝はさみしそうに笑ったものの、しかし深く感心したようにうなずく。

「やはり魔女様は素晴らしいお方だ。国を救って、見返りをもとめないなんて」

「ええ、その通りです！　魔女様はとても偉大なお方でした！」

引き留められなかったのだが、それは仕方の無いことだろうと、二人は諦めた。

「彼女は世界を救うため、神が遣わした御仁。我らのわがままで、この場に留まらせてはいけぬお方だからな」

きっと今頃、魔女は世界のどこかで、自分たちのような救いを求めている人たちに、手を差し伸べているのだろう。皇帝親子はそう思いながら、魔女に畏敬の念を抱くのだった。

☆

「うっまーーーーーーい！」

そんな魔女はどこにいるかというと、蓬莱山のなかにいた。

マーサが王国に捕らわれたことで、ここの所有権がもとの、ロウリィの元へと戻った。

ロウリィから感謝をされたあと、マリィはマーサが所有していたお菓子の城をもらったのだ。そして、カイトという天才料理人の手によって、お菓子の城は解体され……。

マリィの目の前に、色とりどりの、お菓子が置かれていた。

場所は、ロウリィのいた禁書庫。

マリィはカイトのオヤツを、ばくばくばく！　と凄まじい勢いで食べていく。

そんな様子を見て、オセは呆れたようにため息をついた。

『なんだ結局、元通りかよ。妹ちゃん助けてたところを見るに、ちったぁ精神的に成長したと思ったんだけどなぁ』

「うるさい。これは私のオヤツなんだから、食べたら滅するわよ」

『はいはい、エゴイスト魔女さま』

カイトはニコニコしながら、ポットからカップに、コーヒーを注ぐ。

「でも、本当に魔女様、素晴らしかったです！　王都の人たち、そして、自分の妹さんさえも、助けてしまわれるなんて」

「ふん。勘違いしないでよね。私は別に、王都の人なんて助けるつもりはなかったわ」

オセがニヤニヤと笑う。

『ふーん、王都の人【は】、ね』

「ふん……」

と、そのときだった。

「まぁあああああああありぃいいいいいいいいいいいいいいいいい！」

突如として、上空から飴細工の翼をはやした、マーサがやってきた。

全身に汗をかきながら、肩で息をしてる。

「あ、マーサ様！　こんにちは！」

「うるさいわね、食事中よ」

カイト、マリィがそういうと、マーサはきれ散らかしながら近づいてくる。

「あんたのせいでとんだひどい目に遭ったわ！　どうしてくれるのよ⁉」

『自業自得だろうよ』

「うっさいわね悪魔ぁ！」

まあでも実際、自分が引き起こしたことなので、オセの言う通りなのだが。

『あんたなんでここに？　捕まったんじゃあないのか？』

「逃げてきたに決まってんでしょ……！　そして、マリィ！　アタシ決めたわ！」

「なに？」

「あんたに……付いてく！」

はぁ？　とマリィとオセが首をかしげる。

「今回アタシが負けたのは、実戦経験が不足してたから。つまり、あんたについてって、実戦での経験を積めば、あんたに勝てる！」

『自分一人で修行のたびにでも出ろよ……』

「うっさい！　マリィの近くにいたほうが、より魔法戦の知識・経験が積めるでしょ？」

『はあそう。で？　魔女様よ、どうする？』

マリィはコーヒーをすすって、ほう……とカップをテーブルに置いた。

ぱちん、と指を鳴らすと、椅子やらテーブルやらを異空間にしまう。

魔女帽子をかぶって、カイトに言う。

「ごちそうさま。さ、じゃあ旅を再開しましょうか」

「はい！」『おうよ』

マリィは二人を連れて、ホウキにのる。

マーサは、もちろん置いて。

「ちょっとぉお！　アタシも連れてきなさいよぉ！」

「うるさい。付いてくるな。おまえは役立たずだ」

カイトは料理人として、オセはまあ、愛玩動物だし。

二人を連れてく理由はあれど、このマーサにはなかった。

マリィは彼女を置いてさっさと、ホウキを飛ばして去って行く。

「魔女様、次はどこへ向かわれるのですか？」

「ふ……決まってるわ」

後ろに乗ってるカイトに向かって、マリィはにやりと笑って言う。

「おいしい物が、あるところによ」

書き下ろしおまけ

嫉妬と暴食の出会い

それはマリィが転生する前、遥か昔の出来事……。

そこは人間社会から隔絶された異世界。

周りには森しかない、そんな秘境に、【魔女学校】があった。

ここはヴリミルと呼ばれる、偉大なる魔女が校長を務める、特別な学校。

選ばれしものしかこの学校に通えない。

嫉妬の魔女マーサは、学校に六人しかいない生徒のうちの一人だ。

「ねえちょっと聞いた？　あのババア、また新しい弟子を取るらしいわよ」

教室にいる、他五人の魔女たちが談笑してる。

「へえ、マーサを取ってから、何年ぶりだっけ？」

「さぁ。もう歳を数えるのも馬鹿らしくなったわ」

「言えてる～」

この場にいる、マーサを除いた五人の魔女は、全員が規格外だ。

見た目は全員若々しいが、その実、長い年月を生きた高名な魔女たちばかりである。

恐らく外に出れば、英雄クラスの人たちなのだ。

なぜ学校に通ってるのだろうか……？　とマーサは不思議に思うくらいだ。

「おいマーサ」

「は、はい！　なんすか先輩ぃ！」

マーサはびくびくしながら、五人の魔女たちのもとへ向かう。

この中で一番下っ端、かつ、一番力が弱いのはマーサ。

それゆえ、マーサはこの五人にこびへつらっていた。力で敵わないし、逆らったら痛い目に遭うからだ。

「のど乾いたんですけど？」

「わっかりやした！　今すぐ魔法で……」

「魔法で出した水なんて要らないわ。井戸でくんできなさい」

「え……？　で、でももうすぐ授業が……」

「なに？　たてつくの？」

魔女のひとりが、不機嫌そうに顔をゆがめる。

……びくっ、とマーサは体を萎縮させた。自分では、到底、この五人には敵わないのである。

「わ、わ、わかりやしたー！　ちょうとっきゅーでいってきまぁす！」

マーサは外に出て、泣きながら、校舎裏へと向かう。

ぎこぎこ……とポンプで井戸の水をくみあげながら、ぐすんと涙を流す。

「……やめたい」

マーサは一般家庭に生まれた、ただの女の子だった。しかしあるとき、始祖の魔法使いヴリミルに才能を見いだされ、この魔女学校へと入学した。

当時は、うれしかった。才能のある人間に見いだされたのだ、だから、自分には比類無き才能があるんだ……そう思っていた。でも違った。

ここに居る五人の魔女たちは、自分を遥かに凌駕する、凄い人たちだった。……とても、同格（ヴリミルの弟子）とは言えず……。

マーサは、へこんでいた。

「もうやだ……もうやめる……お姉様たちにはかてないし……いつもいじめられるし……もうやめてたい……」

と、そのときだ。

「ねえ」

「え？」

振り返ると、そこにはやたらと目つきの悪い女が立っていた。

年齢は自分と同じくらいだろうか……？

「ヴリミルってやつ、いる？」

……魔女ではない。高位の魔法使いに絶対的に必要な、【魔術刻印】が彼女にはないからだ。

では……だれ？

「おい」

「な、なによ……」

「どこに居るのか知らないの？」

……いやまて。そもそもこの異界に、一般人が来れるわけがないのだ。

魔法使って入ってきた？

魔術刻印もないのに、どうやって？

「はあああ……もういい」

女はため息をつくと、手を広げる。

ぱんっ！　と柏手を打つと……彼女の目の前に、術式が展開。

「⁉　む、無詠唱魔法⁉」

詠唱を用いないでの魔法の発動は、とても高度な技術だ。魔術刻印をもたない一般人に、できるわけがない芸当である。

「なんで……？」

「よし、あっちに強い魔法の反応があるわね」

「あ、ちょ、ちょっと待ちなさいよ！」

そっちには、先輩の魔女たちがいる。どうやらその女は、彼女らに会いに行こうとしているらしい。

ずんずんと進んでいく女の後を、マーサはついて行く。

「何するつもり⁉」

「魔法を教えてもらう」

「ま……？　む、無理よ。あんたみたいな魔術刻印のないやつが、お姉様たちに教えてもらえるわけないいんだわ」

「教えてもらえないなら、力尽くで、脅してでも教えてもらう」

……なんだ、こいつは？

無理に決まってる。

先輩魔女たちは恐ろしいほどの才能を持った、魔女たちだ。

とてもではないが、こんな【持たざる者】が敵うわけがない。

現に……魔術刻印を持ち、才能があるとヴリミルに言われた、マーサだって、姉たちに敵わなかったんだから……。

「無理よ」

マーサは、その女と自分とをかさねて、そういった。

「それを決めるのは、あなたじゃない」

はっ、とさせられた。自分と同じく持たざるものである、この女が、はっきりとそう言ったのだ。

「私は私の目的をかなえるためにここにきた。邪魔するやつは、誰であろうとぶっつぶす」

……凜とした、瞳。その目は前だけを見つめていた。マーサのように、いつだって下を向いて、姉たちにはこびへつらうように、下から見上げていた……その目。何が自分とおんなじだ。こいつは……自分なんかよりも、強い。

やがて、その女は教室へとたどり着く。

「あら、マーサ。何その女?」

「てゆーか、お茶は？　早くくんで来いよ」

するとその女は姉魔女たちを見て、ふぅ……とがっかりしたようにため息をついた。

「弱い」

「「「「あ?」」」」

「なんだ、凄い魔女がいるって期待したのに、この程度しかいないなんて」

姉たちがいきり立つのがわかった。それはそうだ。彼女らは自分の力が凄いものだと、自負してるから。るから。

姉たち五人が、それぞれ、得意な魔法をぶっ放そうとする。

「危ない! 逃げて……!」

だが、その女は逃げなかった。

手を前に出して、そしてつぶやく。

「消えろ」

パリィイイイイイイイン!

「「「「な!?」」」」

マーサも、信じられないと驚愕の表情を浮かべる。姉たちの得意魔法を……術式ごと、破壊して見せたのだ。

「な、何今の!? 魔法!?」

「術式の破壊ですって!? ありえない!」

「魔術刻印も持たないこの女が……いったいどうして……?」

すると、そこへ騒ぎを聞きつけたのか、彼女らの先生であるヴリミルが現れる。

「何をしてるんだ、馬鹿弟子ども」

「「「「師匠！」」」」

ヴリミルはその女を見て、ニヤリと笑う。

「あんた、名前は？」

「ラブマリィ」

……ラブマリィと名乗ったその女は、ヴリミルが相手だろうとまったく臆する様子もなく言う。

「魔法を教えなさい」

と。五人の魔女ががくがくと震える。ヴリミルがどれだけ恐ろしい魔女が身をもって知っているからだ。

一方……マーサだけは、感動で体を震わせていた。

……すごい。魔術刻印も持たない、魔法使いでもないこんな女の子が……。

姉たちを圧倒し、ヴリミルにも臆することなく、会話してる。

……自分と同じくらい若く、かけだしの、魔法使いだというのに……。

「いいだろう。マーサ」

「は、はい！」

「今日からこの子の生活での、面倒みてやんな」

……一番下っ端だったマーサに、初めてできた、年下の後輩。

その子は、希望を見いだしてくれた。マーサはここで学ぶことを諦めようとしていた。どれだけ頑張っても、姉たちに並び立つような魔法使いにはなれないと。だが……。

「は、はは……」

目の前に、現れたこのマリィという少女は、姉たちと並ぶどころか、超えてしまっていた。

そう……そうだ。自分も、この子のように、姉たちを超える可能性が、あるかもしれないんだ！

「ゔ、ヴリミル様……なんでマーサなのですか？　そいつが一番のみそっかすですわ……？」

マーサは、反論してきた姉に対して、魔法を発動する。有為転変。生物を、お菓子に変える、マーサ固有の魔法。

「うぎゃぁあああああああああ！」

クッキーになってしまった姉を見て、ふんっ、と鼻を鳴らす。

「だれがみそっかすだわ！」

マーサには、今まで姉たちには勝てない。そう思い込んでしまっていたがゆえに、己のポテンシャルの高さに気づけないでいたのだ。

でも、やっと、マリィという後輩分ができたことで、自信を持てた。

自分も、このマリィのように、強くなれるかもしれないと。

「よろしく、ラブマリィ！　今日からこの嫉妬の魔女マーサが、あんたの面倒を見てやるわ！」

お礼を言うのが照れくさくて、つい、そんな風に上から目線で言ってしまう。

するとマリィはマーサを見て、一言。

「なんで私より格下の女に、面倒見てもらわないといけないの？」

「はぁああああああああ!?　ちょっとあんた、生意気よ!!」

「うるさい」

……かくして、嫉妬の魔女マーサは、マリィの姉となり、面倒を見ることになった。マリィに負けまいと努力した結果、序列二位（一位はマリィ）にまで成長する。

マーサはマリィというライバルがいたからこそ、小さくまとまることなく、強い力を手に入れたわけだ。まあ、つまりマーサはマリィのことが好きな訳なのだが……。

「あんたの面倒を見るのは、別にあんたのことが好きだからじゃあないんだからね！」

「……あ、そ」

まあ結局は、マーサもマリィも、似たもの同士の、ツンデレなのであった。

あとがき

はじめましての方は、はじめまして。前作からの人はこんにちは。茨木野です。

本シリーズも二冊目になりました。無事に二冊目を出せてほっとしてます。


二巻の内容について説明します。

おいしい物を求めて旅する魔女マリィ。今度はおいしいお菓子を食べるためにそのすごい魔法の力を振るいます。一巻の時と同様に、マリィが自分の欲望を満たすために行動してるのに、なぜか周りから称賛される（ツンデレ美少女と思われる）、という流れを崩さない内容となっております。新キャラに同門の魔女がでてきたり、因縁の妹と再会したりする、そんな感じの第二巻となってます。


尺があまったので、近況報告を。

つい先日、実家に帰省した際の話です。レストランで、家族で食事をしていました。

ちょうど隣の席に、スーツ姿の男性と、きれいな女の人がマンツーマンで話してました。

僕はそのとき何も気にせず飯食っていたのですが、食事を終えて、帰ろうとなった段階で、母が「隣の席の人たち、お見合いしてたね」と言うんです。

僕はまったく気づきませんでした。が、母はバッチリ隣の人たちの会話を聞いていたようです。母は結構息子（僕）の結婚に、関心があるようで、家に帰るたびしつこく相手は居ないのかと聞いてきます。一方父からはあまり「結婚」の話題がでてきません。なので、その食事の時も、父は僕と同じで、隣の席の人たちがお見合いしてたことに気づいてなかったのかな……と思ったのですが。「お見合いしてたね」普通に父もバッチリ聞いていたようです……。ああ、僕も、親から結婚の心配される年齢になってるんだなって、思いましたとさ。


続いて、謝辞を。

イラストレーターの「長浜めぐみ」様。素晴らしいイラスト、ありがとうございます！　表紙の白マリィ、ちょーキュートでした！

編集の方々、本作りに奔走してくださり、ありがとうございます！

そして、この本を手に取ってくださっている読者の皆様。この本を出せるのは皆様のおかげです。ありがとうございます。


最後に、宣伝があります。本作、コミカライズしてます。「高塔サチ」様が、素晴らしい漫画を描いてくださってます！　そしてなんと、ラノベ二巻と同時に、漫画一巻が発売されます！是非お買い求めいただけますと幸いです。

それでは、皆様とまたお会いできる日まで。

二〇二四年三月某日　茨木野

コミカライズ1話試し読み

漫画　高塔サチ
原作　茨木野
キャラクター原案　長浜めぐみ

あなた私についてくる気ある？
あります！ぜひ連れて行ってください！

転生魔女の
気ままなグルメ旅
@COMIC 1
漫画 高塔サチ
原作 茨木野
キャラクター原案 長浜めぐみ

マリィ＝フォン＝ゴルドー
君との婚約を破棄させてもらう！
その理由も
教えてやろう！
え？
ええ…
き…
貴様が双子の妹にしたことだ

大聖女に最も近い存在であるグリージョに
ビクッ
非道を働いていたからだ
マリィ君は…
この世界で唯一法術が使えない出来損ない
性格が歪んでしまうのもしかたないな
『法術』それはかつて存在した治癒魔法と同系統の治癒術のことだ

現代の魔法は
衰退しており
唯一残っているのが
女性にしか扱えない
人を癒す奇跡の
この法術のみ
そして国に認められた
高い法力を持つ女性に
贈られる称号が
「大聖女」である
そんな世界で
マリィは唯一
法術が使えない
『落ちこぼれ
令嬢』だ

グリージョは
姉に嫉妬され毎日
いじめられて困っていると
聞いたぞ！
そうなんです
ルグニス殿下
お姉さまってば
陰湿ないじめを
繰り返してて…
……
「落ちこぼれ令嬢」しか
婚約者にできないと
学園で言われ
プライドを傷付け
られた王子は
見た目だけはいい
高い法力を持った
嘘つき大聖女を
自分にふさわしいと
決めたのね…

そして
これ幸いと学園の
卒業パーティーで
私の断罪と
婚約破棄を突き
付けてきたってわけね
それならば…
はい
わかりました
受けてやるわ！

よろしい
ならば我が妃と
なるグリージョを
害した罪は重い
よって
国外追放
とする!!
…それは
国王陛下も承知
しているのでしょうか
ザワ
ッ
いいや…これは
私の独断だ
あとで父上には
報告しておく
委細承知
いたしました
最後に一言
よろしいでしょうか

国を守護する〝聖結界〟の運用は
彼女が行うということでよろしいですか？
モンスター対策用の防御装置のことか…もちろんだ
あれは法力が高い者でないと動かせないからな
ではご忠告を…
彼女に任せると王都は大変なことになりますよ
彼女の法力は最弱
強化の魔法で底上げされてただけです

魔法？ばかばかしい
はぁっ
殿下…
魔法などこの世界に存在しない…
もしもわたくしが法術でなく
魔法が使えるとしたら？

お姉さま
かわいそ～
妄想に憑《と》り
つかれているのね
そっそうだ!!
さっさとこの国から
出て行け
狂人!!
貴様のような女が
我が妻になるところ
だったと思うと
ゾッとする
……
そうですか
…では
誰も同情しなかった
狂人が消えてよかったと
思う者ばかり
だけど皆 後に
後悔する
ことになる…!

ぱさッ
彼女こそが
この魔法が衰退した世界で唯一の魔法使い
魔女神ラブマリィの生まれ変わりだったから

魔女神といえば知らぬ者がいない
まだ魔法が普遍的に使われていた古《いにしえ》の時代
ひとりの強力な魔力を有したものが世界征服を企んでいた…
魔王デスモーナ
当時 対抗すべく討伐部隊が組まれるもただひとりとして敵わなかった
そんな中ひとりの魔女が現れる
彼女は魔王の部下に村を焼かれ 大切な家族を失ったひとりの魔女

魔女はその恨みを糧にし 修練を行い 最高の魔法を手にし 魔王を打ち破ったのである
それ以降彼女は魔女神と呼ばれるようになる
しかし彼女は100歳を超えており
家族と村の仇を打ち取るとすぐに亡くなってしまう
そうして歴史に魔王を倒し 世界を救った魔女の神として誰もの心の中で生き続けることになった

要するに
この世界を救って伝説になるほどすごい魔女の
その記憶と魔法の力を持って転生したのが私だ
その記憶を取り戻したのがあの婚約解消を告げられた時だったけれど…
今思えば…無意識に魔法を使う時もあったわね…
うーん…
ぐっぱー
と…言っても

親になぜ
妹のようになれないのかと
殴られた時には防御魔法を使い
まともに食事を与えてもらえず
栄養が足りない体を持たせるために強化魔法を使ったり……
ガリ
そんなふうに日々魔法を使い
垂れ流される強化魔法の恩恵を妹たちは受けていたのだ
ポワッ…

その力ももう
なくなるでしょう
けれど…
忠告もしたし
真実も告げたし
もう知ったこっちゃ
ないわ！

しかし空を飛ぶのは馬車と違って楽でいいわね！
この飛行魔法は全盛期でも高度な魔法技術である
これからどうしようかしら…
復讐も王妃教育もしなくていいし…
う〜ん…
それにこの体の魔力…前世の10倍…いや100倍くらいあるんじゃないかしら…
魔力多すぎて魔王にもなれそう…やらないけど
ふわっ
今着てる服の衣類作成の日常魔法と飛行魔法を使ってもなんともないわね
フム。
いでよ〜〜!!
カワイイ服〜〜!!!
あら
あれは…

モンスターに囲まれてるわ
そしてなかなかのいい馬車…
フヨ フヨ
助ける義理なんてないけど…
攻撃魔法は試してなかったのよね…
まあ あとから使えませんでした～って死ぬのはゴメンだし
人を襲ってるモンスターなら試し打ちも遠慮しなくていいわよね

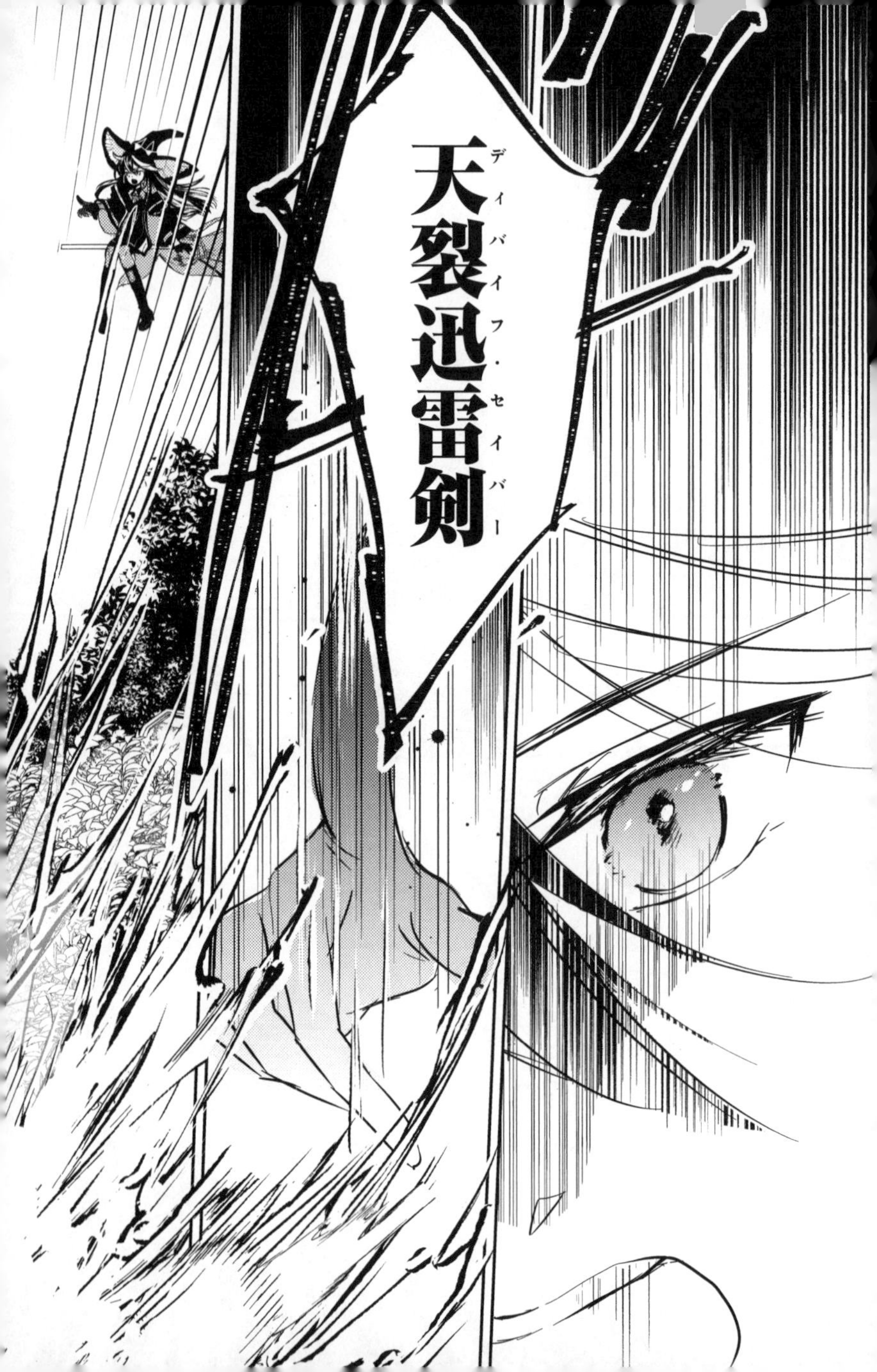

天裂迅雷剣
ディバイフ・セイバー

ザァッ
極大魔法の攻撃もできる
保護対象もちゃんとできてるし
大丈夫そうね
……治癒魔法も試そうかしら
フム。。
使えなかったら困るものね

ストン
カチャリ
馬車の中は…
皆 落雷魔法で気絶してるだけね
あら
ジェームズ皇太子殿下
ハァ…
う…何が…君は…
帝国の第一皇子で学園に留学に来ていたはず…

これ恋愛物語なら
助けた見目麗しい
皇子と隣国へ…！
たしか…
ゴルドー嬢
んなわけない！
睡眠《スリープ》
かくん
起きたら
モンスターは
いなくなってる
あなたは助けられた
わけではない
OK？
別に恋愛感情も
ないもの…

今度こそ人助けなんてしないんだから…
ふよよよ…
しかしお腹減ったわね
ぐぅぅぅ…
！
そこそこの大きさのドラゴン！
あれを狩って食べましょう
風刃《エッジ》
スパッ

トン
あら
なに？
あなた…
あー…
……

ドラゴンの肉を焼いて食べようとしてただけなんだけど…
うーむ…
まあいっか
魔女様
危ないところを助けてくださり
ありがとうございました!
……
ぺこり
あなたのことを助けたわけではありません

なるほど!!
さすが英雄様ですね!!
……お腹も減ったしご飯にしようかしら…
うわ…ヤバイ子…
残念ながらマリィは英雄様ではなくて
単なる魔女《エゴイスト》でしかなかった
さてと…
この辺でいいか…
切る
焼く

焼けばなんでも食べられるわよね!!
まっずぅ
生臭さとえぐみがすごいっ…!
ぽいーー…
ごそごそ
ねぇ
あなた
ハァ…
さっきから何をやっているの?
魔女様はお腹が空いておられるんですよね?
だから僕が料理を作ろうかと
ほう…

あなた料理ができるの？
はいっ
ザッ
サッ
お金持ちのお屋敷の厨房で働いていたので
サッ
ジュウ
！
ニュ
うう

料理なんて今まで
まったく興味なかったのに
くきゅ～…
じゅるっ…
なんで彼の作る
料理の香りに
できました！
ドラゴンの
ヒレ肉ステーキです
こんなに
惹かれるのよ！

何よ…
大層な口を利く割にただ焼いて塩を振っただけ？
葉っぱの皿…
どうぞ！
まあ…一口だけなら…
プスッ
肉汁とスパイスの香りがすごい……
フワッ
!!

やわらかっ…！
なっ…
なんでこんなに柔らかいのよ!!
さっきとちがう!!
ムグムグッ
旨《うま》みもすごいっ…
ドラゴンの体の1番柔らかくて美味しいのがヒレなんです
…この少年ドラゴンの肉を食べたことも調理したこともあるの？

だとしたら…
解《げ》せないことがある
ねえ あなた
モンスター食いは
禁忌とされているのよ
マリィのいた昔とは違い
今の時代モンスターを食すのはいけないこととされてきた
知らないの？
……
私は知ったこっちゃないけどね！
僕のいた田舎の村では普通に食べてました

文化圏の違う
出身なのね
だけど
このステーキは
美味い!!
美味すぎだわ
残り
これだけ
少年 名前は?
カイトです
よし決めた!
あなた採用!!
カイトね…
モグ
えっ

今までの味気ない興味すらない食事
でも
――食事があんなに美味しいなんて！
他にも美味しいものがあるかしら
その香りは？味はどうなの？
私はそれが食べてみたい

旅の目的を決めたわ！
世界中の美味しいものを食べて回るのよ！
あなた私についてくる気ある？
！
あります
ぜひ連れてってください！

TOブックス
コミカライズ
連載最新話が
読める!!!!!
「本好きの下剋上」をはじめとする
TVアニメ化作品盛りだくさん!!

漫画配信サイト
CORONA EX
コロナEX
TObooks
2nd Anniversary
詳しくはこちら!!
https://to-corona-ex.com/
2周年!!

本がなければ
作ればいい——
原作小説
（本編通巻全33巻）
第一部
兵士の娘
（全3巻）
第二部
神殿の
巫女見習い
（全4巻）
第三部
領主の養女
（全5巻）
第四部
貴族院の
自称図書委員
（全9巻）
第五部
女神の化身
（全12巻）
決定！
ありがとう、本好き！
シリーズ累計
1000万部
突破！（電子書籍を含む）
アニメーション制作：WIT STUDIO
TOジュニア文庫
コミックス
第一部
本がないなら
作ればいい！
（漫画：鈴華）
第二部
本のためなら
巫女になる！
（漫画：鈴華）
第三部
領地に本を
広げよう！
（漫画：波野涼）
第四部
貴族院の
図書館を救いたい！
（漫画：勝木光）

夢物語では終わらせない
ビブリア・ファンタジー
ふぁんぶっく
1〜8巻
ドラマCD
1〜10
ミニマイングッズ
椎名優描き下ろし
第三部「領主の養女」
アニメ化
本好きの
下剋上
司書になるためには
手段を選んでいられません
香月美夜
miya kazuki
イラスト：椎名 優
you shiina
Story
とある女子大生が転生したのは、識字率が低くて本が少ない世界の兵士の娘。いくら読みたくても周りに本なんてあるはずない。本がないならどうする？　作ってしまえばいいじゃない！
兵士の娘、神殿の巫女、領主の養女、王の養女――次第に立場が変わっても彼女の想いは変わらない。
本好きのための、本好きに捧ぐ、ビブリア・ファンタジー！
詳しくは原作公式HPへ
https://www.tobooks.jp/booklove

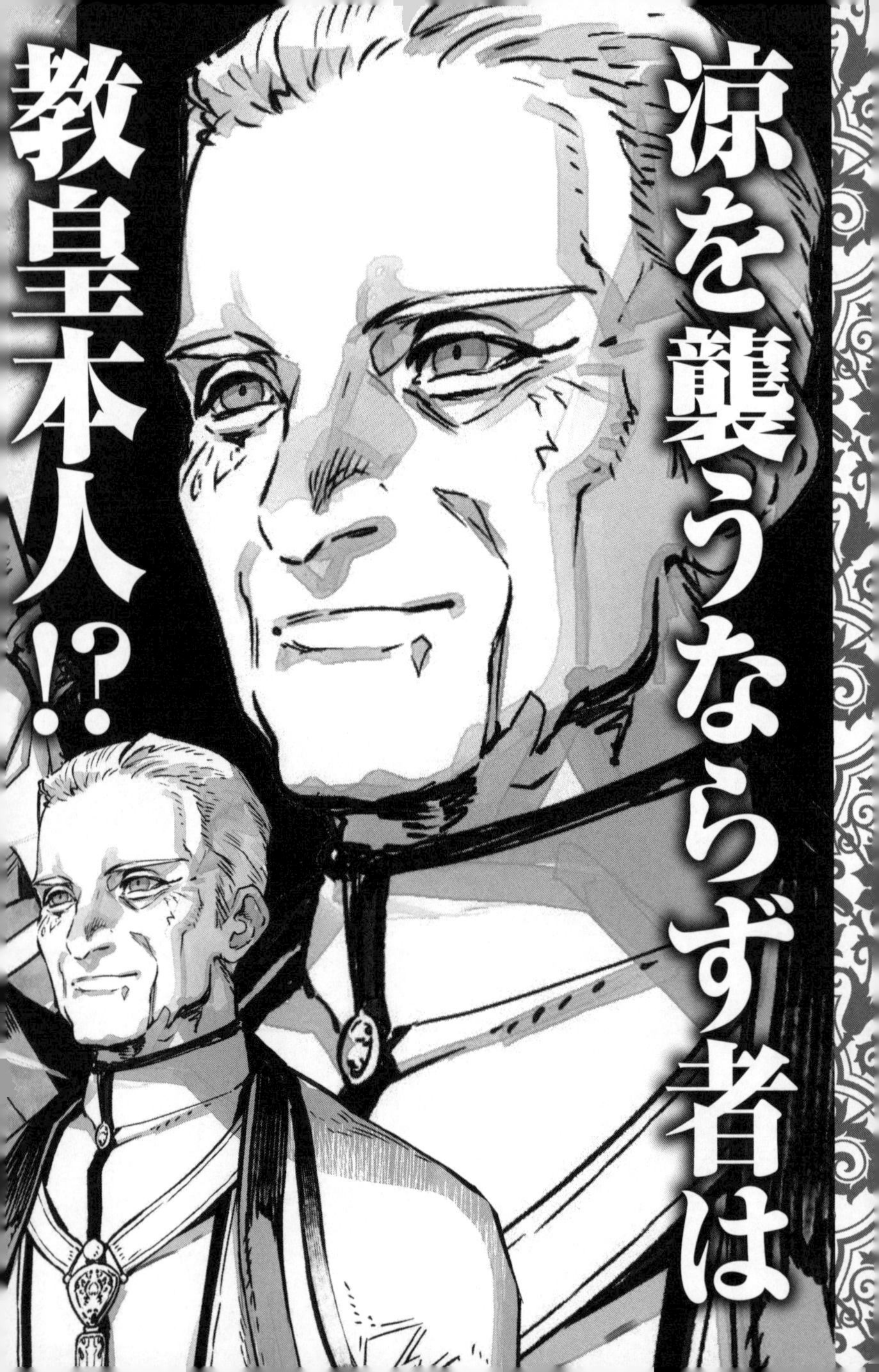
涼を襲うならず者は
教皇本人⁉

2024年夏発売決定！

水属性の魔法使い

第二部
西方諸国編
Ⅳ

久宝忠—著
天野英—イラスト

漫画：墨天業
コミックス最新第4巻
好評発売中!!

絵：たく
ジュニア文庫
最新第2巻好評発売中!!

CORONA EX
コロナEX
TObooks

コロナEXにて
コミカライズ
好評連載中!!!

異世界に落とされた…
Dropped into another world
浄化は基本！8
ほのぼのる500
イシバシヨウスケ

中島鯛
ほのぼのる500
イシバシヨウスケ
4
異世界に落とされた…
浄化は基本
@comic

ほのぼのる500シリーズ
最弱テイマーはゴミ拾いの旅を始めました。
The Weakest Tamer Began a Journey to Pick Up Trash.
原作
12巻
イラスト：なま
2024年
7/20
発売！
コミックス
6巻
漫画：蕗野冬
好評発売中！
ジュニア文庫
7巻
イラスト：Tobi
2024年
7/1
発売！
スピンオフ
2巻
漫画：雨話
好評発売中！
各配信サイトにて
TVアニメ
絶賛配信中！
詳しくは公式サイトへ
©ほのぼのる500・TOブックス／「最弱テイマー」製作委員会

出来損ないと呼ばれた元英雄は、実家から追放されたので好き勝手に生きることにした
THE BANISHED FORMER HERO LIVES AS HE PLEASES
テレ東・BSテレ東・AT-Xほかにて
TVアニメ絶賛放送中！

アニメ化決定!!!
没落予定の貴族だけど、
暇だったから魔法を極めてみた
©三木なずな・TOブックス／没落貴族製作委員会

転生魔女の気ままなグルメ旅２
～婚約破棄された落ちこぼれ令嬢、実は世界唯一の魔法使いだった「魔物討伐？人助け？いや食材採取です」

2024年6月1日　第1刷発行

著　者　茨木野

発行者　本田武市

発行所　TOブックス
〒150-0002
東京都渋谷区渋谷三丁目1番1号　PMO渋谷Ⅱ　11階
TEL 0120-933-772（営業フリーダイヤル）
FAX 050-3156-0508

印刷・製本　中央精版印刷株式会社

ISBN978-4-86794-182-9